NOSTALGIA

Jesús Gutiérrez Velarde

INTRODUCCIÓN

El tiempo pasa inexorablemente por mucho que uno intente que así no sea. Días, semanas, meses y años van desfilando delante de nosotros sin que se pueda hacer nada por detenerlos y atrás se quedan nuestros más queridos recuerdos, amores que no fueron más que espejismos, personas de todos los tipos con las que hemos perdido el contacto, juegos a los que ya no juega nadie, y miles de alegrías que nos reportaba el tiempo, seguros de que así habría de ser por siempre. ¡Cuán equivocados estábamos! Y ahora, varias décadas después, nos damos cuenta de que la vida se nos ha pasado en un abrir y cerrar de ojos, que no hemos podido aprehender nada, que lo que nos queda, desgraciadamente, se nos habrá de ir a la misma velocidad y así, un día cualquiera de cualquier año, la muerte nos estará esperando sin ni siquiera habernos percatado de que siempre está ahí, al acecho, preparada siempre para llevar a cabo su cometido.

Este libro va de eso: de la fugacidad de la vida, de lo que dejamos atrás, de recuerdos, de besos que dimos y ahora poco o nada significan, En definitiva, este libro va de la nostalgia, esa vieja amiga que nunca se aleja demasiado

cuando la vida cubre de otoño nuestras sienes.

EL RÍO Y LA MUERTE

La primavera ya está aquí, como todos los años, y con ella todo se reverdece y vuelve a la vida, al esplendor perdido durante el invierno que parecía no tener fin.

Desde mi ventana se ve el río que, mansamente, sigue su curso, pero ahora lo hace con suavidad, con transparencia, como si se estuviera paseando por el camino que le ve descender de las montañas. El fondo amusgado se deja ver con nitidez mientras el caudal, por falta de lluvias, disminuye constantemente dejando así vislumbrar las piedras, los peces, barbos en su mayoría, ajeno a cualquier otra forma de vida, incluso a la mía, que le observo diariamente sin que me preste la más mínima atención.

Los patos, los que habían emigrado a climas más afables en la estación fría, han regresado. No son muchos aún, pero lo serán en las próximas semanas, seguro, como otros años, como siempre ha sido.

No está lejos el día en que los niños del pueblo busquen la sombra fresca del puente por el que pasa la corriente, ahora débil, como si buscara el descanso de días de inmensa fuerza que aún no están lejanos, y continúa su trayecto tal y como lo recuerdo otras veces, dócil, sosegada, apaciblemente. Y al final del su recorrido, sin que lo sepa, habrá de morir, un poco más cada vez, fusionándose en un mar infinitamente mayor que le absorberá hasta perder su nombre del todo, y mar será también, olvidando para siempre la dulzura de sus aguas, salinas ahora, parte inherente, otra vez más, de su nuevo hogar para así repetirse eternamente mientras el río sea río y el mar le espere en su desembocadura.

No somos diferentes los humanos, que seguimos el curso de la vida hasta que la postrera sombra decida unilateralmente, por su cuenta, que ya no hay más trayecto, que la vía se ha terminado, que siendo mucho mayor también, cual mar, nos toma para ella por siempre, perpetuamente. Atrás han de quedar las hazañas, los fracasos, los miedos, los logros, los amores y desamores, lo querido y lo odiado, el dolor, incluso la felicidad que, seguramente, alguna vez habremos tocado con las yemas de los dedos. Atrás quedarán las riquezas y las pobrezas, el llanto y la risa, los recuerdos e incluso lo que nunca quisimos recordar, y seremos uno con la muerte, ella señora; nosotros, moradores atemporales.

CARROÑEROS

Hay hombres de todos los tipos y para todos gustos, como no podría ser de otra forma, claro, y todos ellos desempeñan su papel que, a veces, puede variar según cambie el guion de la vida que les ha tocado vivir.

Los hay familiares, y los que a este grupo pertenecen, lo hacen mucho antes de la edad adulta, sin darse cuenta apenas, y para quienes su bienestar, su seguridad, su bonhomía y su sosiego pasan por la creación de una familia propia, donde su cónyuge y sus descendientes forman el centro de su vida, y para ellos se afana y en ellos halla el descanso que, de otra manera, le sería difícil encontrar.

Los hay más independientes, menos ligados a sentimientos que no emanen de sí mismos, para quienes la vida es un juego y como tal ha de ser jugada. Es frecuente que sean viajeros, que no tengan un excesivo apego por el dinero y las cosas materiales y hacen lo que está en sus manos para permanecer así con el paso del tiempo en que la energía eufórica de la juventud da paso, poco a poco, a algo nuevo e irreconocible para ellos, acostumbrados a amores novedosos, a nuevos rostros, a nuevos olores, a nuevas experiencias que, sin quererlo, van dejando atrás a medida que las hojas del calendario van pasando inevitablemente. Estos pueden buscar refugio en la edad madura en alguien de semejantes características en quien puedan reflejarse con facilidad para así no olvidar nunca quiénes un día fueron.

Los hay zigzagueantes, los que se pierden en los avatares de la vida, recomenzando el camino una y otra vez sin saber muy bien adónde van. Estos suelen pensar más en el destino que en el camino a recorrer propiamente dicho y pueden fácilmente caer en los mismos errores pasados por grandes que hayan sido creyendo que esta vez va a ser diferente y tropezándose una vez más en los viejos obstáculos que no por viejos dejan de parecer nuevos a la vista de estos hombres.

Hay más, muchos más tipos de hombres, y todos ellos tienen su lugar e importancia en un mundo donde la pluralidad se ha convertido en sinónimo de individualidad sin que por unas u otras características se les pueda considerar mejores o peores que cualesquiera otros grupos, tan importantes como cualquier otro .

Y está el hombre carroñero, como a mí me gusta llamarle. El hombre carroñero, incapaz de formar una familia a su gusto y deseo a lo largo de su vida, busca en resbalones ajenos la oportunidad de alimentar ese deseo que le carcome por dentro. Es el hombre que soltero o sin pareja a edad considerable, de suficientes recursos económicos, busca en la mujer divorciada o separada con hijos – puede incluso ser la mujer de un hombre que un día consideró su amigo – la forma de llenar el vacío de un alma incapaz de producir nada que no haya sido ocuparse de él mismo, de sus trastornos y de su vanidad, que suele ser exagerada en este tipo de sujetos. Así, suele dar atención a quien tiene uno o dos hijos medio criados, saludables y sin mayores problemas cuyo rol de padre está dispuesto a asumir omitiendo el hecho de que ya tienen padre y siempre lo tendrán. Pero, cuidado, su naturaleza es como la del buitre que sobrevive de despojos y sus deseos son volubles. Es sólo cuestión de que surjan problemas de verdad para que gire la cabeza hacia el otro lado y comience de nuevo su búsqueda como buen carroñero que es. Yo conozco a uno, pero seguro que hay muchos más.

A VECES...

A veces, cuando vuelves a ser tú, cuando te sientes en paz, cuando sonríes como una niña pequeña, cuando te brillan los ojos sin apenas darte cuenta, vuelvo a ver en ti lo que seguramente siempre vi.

Cuando te sientes nerviosa y no sabes cómo recomponerte, cuando las lágrimas llaman a la puerta de tus ojos queriéndote aliviar, entonces, te quiero más que nunca, más de lo que nunca te he querido y tú lo sientes, porque entre tus lágrimas esbozas una sonrisa que me sé de memoria, una sonrisa que sólo yo conozco que es agridulce, pero tierna, seguramente lo que sólo he visto en ti a lo largo de una vida toda.

Cuando hablas con afecto, cuando te arreglas, cuando sólo yo te oigo, cuando la verborrea inconexa no forma parte de ti y hablas pausadamente y me miras a los ojos, veo tu esencia, tu ser más profundo que los avatares de la vida han escondido en algún rincón de tu alma, alma que yo conozco mejor que nadie, alma que quiero entender siempre, incluso cuando la comprensión es imposible.

Cuando te olvidas de maldecir y de odiar y de buscar responsabilidades en otros que nada tienen ya que ver contigo, cuando todo eso ocurre, te vuelvo a querer, pero no como antes, sino mejor, más dulcemente, más intensamente, y lo único que quiero hacer es abrazarte y que me abraces tan fuerte como nos sea posible, besarte y que me beses con tanta ternura como seamos capaces y quedarnos así para siempre, durante tanto tiempo que olvidemos todo lo que nos ha herido hasta el punto de no saber hablar ni pensar más en ello.

Cuando todo eso ocurre, yo te quiero más de lo que nadie te ha querido nunca, te siento más de lo que nunca te han sentido y, sin saberlo, te fundes en mí y yo en ti.

7 DE MARZO

Nací a la una y media de la mañana de un 7 de marzo de hace muchos años ya, pero podrían ser más y menos también por la velocidad a la que el tiempo se me ha escapado de las manos a los largo de las décadas.

La tarde del día 6, cuando el invierno estaba acercando a su fin, mi madre había estado lavando ropa en el río como tantas otras veces, a manos desnudas, encallecidas ya a fuerza de costumbre y que apenas sentían la temperatura inhóspita del agua que golpeaba en ellas y ellas en el agua hasta hacer la ropa cristiana de nuevo.

La tarde dio paso a la noche, aún tempranera, sin que tuviera contracciones, o así me lo contó ella, lo que le permitió seguir con sus quehaceres domésticos hasta después de cenar, hora en la que comencé a anunciarme levemente. Decía mi madre también que llegué sin escándalos, sin meter demasiado ruido mientras mi padre aguardaba en la cocina las noticias que se iban sucediendo en el cuarto al que solo la comadrona tenía acceso. Por suerte para todos, mi padre no fumaba, así que tuvo que conformarse con esperar nerviosamente a que esa vez, por fin, fuera una niña tras dos varones, algo que había guardado para sus adentros durante el embarazo deseando, eso sí, que lo que fuera a venir, viniera con buena salud ante todo. No tuvo que esperar mucho, según me contó mi madre. Pasada la una y media de la mañana, salió la partera con la buena nueva mientras mi padre se levantaba para acercarse a su encuentro:

- ¿Qué es lo que querías, hombre?

- Pues una niña a ser posible, pero lo que sea, bienvenido será. – Respondió él aún nervioso.

- Pues lo siento, hijo. Ahí tienes un niño más. – Le dijo ella que, seguramente, sabía de sobra el deseo de mi padre de tener al menos una hembra entre tantos varones.

Mi madre me contó que nací con facilidad, sin que ella tuviera que hacer los esfuerzos que había tenido que hacer con mis hermanos, y que casi no lloré, tanto es así que durante unos segundos llegó a pensar que algo no iba bien. Nada que un par de nalgadas por parte de la partera no solucionara en cuestión de segundos. También me dijo que los primeros años de mi vida fueron iguales a aquella fría madrugada de mi nacimiento, que no se me oía, que nunca tenía que reñir conmigo, que me entretenía con cualquier cosa por simple que fuera y que las lágrimas no las conocía más que por nombre cuando empecé a saber qué era qué, pero que de todo lo que me entretenía, nada lo hacía más que cuando me sentaba encima de la mesa de cocina, sobre una manta, con un papel y un lápiz, mucho antes de que aprendiera a escribir. Podía pasarme horas y horas haciendo garabatos mientras ella hacía lo propio de una esposa y madre. A veces salía a hacer algunas compras dejándome sólo sobre la mesa con mi lapicero y mi papel, segura de que así me encontraría cuando volviera, como así era.

Ha pasado mucho tiempo desde entonces, mucho más del que sabría contar, y aún me entretengo con papeles y lápices y bolígrafos. Y es que, en el fondo de mi ser, nunca he dejado de ser aquel niño.

RECUERDOS

A veces, muy ocasionalmente, cuando la ansiedad me da un respiro y el corazón me late lentamente como si con él ya no fuera nada y la relajación se asoma por cada poro de mi piel, tengo recuerdos, recuerdos de otros tiempos, recuerdos mansos, agradables, dóciles como corderos que me inundan de ternura.

A veces, muy de vez en cuando, recuerdo el olor del río en verano cuando aún era un púber y ni de la vida sabía una palabra más allá del sosiego con que la vivía, saltando por el campo y por lo que quedaba de río cuando la sequía no permitía vislumbrar más que un pequeño chorro de agua que vadeaba las muchas piedras que usaba para pasar de lado a lado sin mojarme ni un poco, salvo accidentes, que también ocurrían de vez en cuando. Eran los tiempos en que pasaba las vacaciones en casa de mis abuelos, en que una cuerda, un par de palos y una pelota cualquiera convertía la vieja carretera en una pista de tenis durante horas o hasta que, sorprendentemente, aparecía un coche, igual de viejo casi siempre, y la pista tenía que ser desmontada durante unos segundos para que pasara para volver a montarla cuando lo hacía.

A veces, pocas veces, cuando mi alma está en paz sin que pueda explicar por qué, huelo a tierra mojada, la misma tierra y el mismo olor que me acompañaron durante la infancia y que eran tan inherentes a mí como mi propia piel o el color de mis ojos. Y entonces, respiro profundamente, como si quisiera adueñarme de su aroma, pero la sensación desaparece siempre antes de terminar la primera inhalación.

A veces, no muy frecuentemente, vuelvo al pasado, a cuando era niño, a cuando era adolescente y no había en mí motivo por el que preocuparme en exceso, tan sólo la escuela y el instituto que nunca me causaron mayor trastorno. Y quisiera aprehenderlos de nuevo y volver a sentirlos constantemente y no dejar que se alejaran nunca más de mí: ni la ternura, ni el sosiego, ni el olor a tierra mojada, ni la sensación de que todo estaba bien, pero no permanecen en mí mucho tiempo, tan sólo lo suficiente para saber que existieron, lo suficiente para añorarlos, lo suficiente para que la tristeza de haberlos perdido haga acto de presencia y, esta sí, no dura poco, sino lo que ella considera oportuno y, cada cierto tiempo, una lágrima recorre mi mejilla que viene a desembocar en la comisura de mis labios sin que pueda hacer nada para evitarlo.

TODO ES RELATIVO Y CUESTIÓN DE HÁBITO

¿Quién no ha dicho alguna vez que nadie cocina mejor que su madre o su abuela, o que la ciudad más bonita del mundo es en la que vivimos, o que el resto del mundo no sabe lo que es bueno en relación a las fiestas o a las celebraciones? Lo hemos dicho todos en alguna ocasión, pero no sólo nosotros que somos de determinado lugar sino absolutamente todos los demás, sean de donde sean, y es que todo es relativo.

El ser humano es un animal de hábitos que se van adquiriendo desde el mismo día en que vemos la luz al nacer. Así, en unos pocos años, nos acostumbramos a determinados tipos de comida, determinadas formas de hacer las cosas, determinadas formas de diversión que pueden ser semejantes o totalmente diferentes de las de otras regiones o países, y aun así, creemos que tenemos razón, que nada se puede comparar a la maravillosa comida de nuestras madres o a las verbenas españolas que tienen lugar en todos y cada uno de los pueblos de nuestra geografía. Pues bien, estamos equivocados.

Nos gusta lo que nos gusta por costumbre, ni más ni menos. Nos gustan los chipirones en su tinta porque así lo hemos visto siempre por extraño que pueda parecer a un británico al contemplar un plato de color negro o a un asiático que, sin duda, preferiría cualquier plato de su gastronomía porque, simplemente, es a lo que está acostumbrado. Y vamos más lejos aún y decimos que en tal sitio no saben comer, o que ¿cómo se va a comparar la comida vasca con la de un país como Vietnam donde, vete a saber lo que comen? Y volvemos a estar equivocados de cabo a rabo.

Decía alguien en cierta ocasión que es más fácil cambiar de religión que de hábitos, y esa es la pura verdad. Si un niño del lugar que sea se acostumbra a golosinas con mucho azúcar, lo más probable es que no pueda prescindir del azúcar cuando crezca; de la misma manera, si uno, por el lugar en el que vive, no come nunca chuches, lo más probable es que no le llamen la atención nunca cuando tenga ya una edad en que pueda tomar decisiones propias.

Conocía a una chica cuando estaba en la facultad que nunca había tenido televisión en casa por decisión de sus padres, ambos profesores de secundaria, por lo que nunca sintió falta de ella y lo poco que la vio en su adolescencia, lo hizo en casa de su abuela y ocasionalmente sin que le causara ningún problema volver a su vida normal sin televisión. Por supuesto, no tenía ni idea de los programas que estaban de moda, ni las series que les gustaban a las chicas de su edad, pero lo más importante, le daba lo mismo porque, simplemente, la tele no formaba parte de su vida. Seguramente hoy, muchos años después, la relación de esta mujer con la televisión es muy diferente de la que podría ser la de una amiga suya que se crio con ella. Lo mismo se puede decir de cualquier otra cosa, de cualquier otro hábito que parezca más o menos importante en determinada sociedad.

¿La comida española es mejor que la brasileña, que la sueca, que la francesa, que la china? No, rotundamente no, simplemente a nosotros nos gusta más.

MELANCOLÍA

A veces, cada cierto tiempo, una profunda tristeza que parece asentarse en el vientre se apodera de mí sin saber muy bien de dónde viene o qué la provoca. El caso es que aparece sin más y se queda un rato largo, lo suficiente siempre para hacerme saber que ha venido, que está conmigo y que sólo irá cuando lo crea conveniente sin que mi voluntad pueda hacer nada para cambiar su destino. No parece ser dañina, – la conozco de otras veces que se ha comportado del mismo modo – pero cuando se va deja con ella mil y una añoranzas que recorren mis pensamientos como si de ayer se tratara; añoranzas de otros tiempos, de otras sensaciones, de personas que fueron y ya no son, de lo que fui y he dejado de ser, de acordes de viejas canciones que regresan con fuerza posándose en mis labios al tiempo que las tarareo y de lo que ellas significaban, de alegrías que se han perdido en el túnel del tiempo y de lágrimas cuyos motivos ni siquiera recuerdo ya; añoranzas de sueños irrealizados, de futuros que nunca se concretizaron, de primeras novias y primeros besos, de ausencia absoluta de miedo en el decorrer del día a día y que también ha cambiado, de lugares, de olores que vuelvo a oler una vez más, de manos que se escurren entre las mías, de nombres y apellidos que he olvidado, de números de teléfono que quedaron grabados en mi mente mucho antes de que aprendiéramos a no recordarlos nunca más, de noches de aguacero en la plaza del pueblo junto a la cabina esperando a que se desocupara sin que la lluvia fuera más que una parte del decorado, de palabras dichas e incumplidas, de juramentos tan reales como la luz del sol que se rompen siempre, de tú para mí y yo para ti por los siglos de los siglos y que no fueron sino unos pocos meses, unos pocos años a lo sumo; añoranzas de otras formas de hacer las cosas y de vivir que de poco o nada sirven ahora; añoranzas superpuestas las unas sobre las otras y que forman un todo difícilmente separable; añoranzas de lo que quise ser y del camino en el que me perdí por el motivo que fuera, poco a poco, sin darme cuenta y de lo que solo fui consciente un día al despertar, muchos años después, cuando no había vuelta atrás ni modo alguno de volver al mismo sendero.

A veces, cada cierto tiempo, la nostalgia toca en mi puerta, pero no para que la deje pasar, no, sino para recordarme apenas que está por aquí, en mi ser, en mi alma, y que nada puedo hacer para impedir su presencia. Esas veces, la tristeza ocupa el lugar que le corresponde, pero sin maltratarme, recordándome apenas lo que soy, lo que he sido y lo que siempre albergará mi corazón.

LA PLAZA

¿Qué ha sido de las plazas, de los epicentros de la vida del pueblo, de los lugares de reunión por excelencia de niños y adultos a poco que se asomara el sol en cualquiera de las estaciones? ¿Qué han sido de los pantalones cortos gris marengo y de las falditas escocesas que pululaban en su entorno desde temprano por la mañana hasta que el día perdía su nombre con tan sólo unos ligeros descansos a la hora de la comida y, a veces, que no siempre, cuando, por la edad, se requería de la merienda?

La plaza agoniza, se muere poco a poco, sin que nadie parezca dispuesto a hacer nada para que no ocurra. Ya no alberga a los niños de antes ni a los de ahora, ya no es el centro neurálgico de la vida, ya no tiene historias que contar como las de antaño, ni la vida mana a borbotones como era el caso hace poco más de dos décadas. Ya no hay pantalones cortos gris marengo, ni falditas hasta las rodillas de niñas que juegan a la comba o a las tabas; ya no hay idas y venidas con la plaza siempre como origen y destino. Ya no se queda en la plaza, ni en sus aledaños, ni en los bancos que siempre las presidieron; ya no nacen amores en ellas, ni se hacen promesas tan eternas como el tiempo que duren; ya no se baila en las verbenas del pueblo en la misma plaza en la que se jugaba y que, como ella, parecen haber entrado en un letargo catatónico que, inevitablemente, las ha de llevar a su extinción también.

Y es que la plaza no es un parque de los que ahora parecen abundar ni lo ha sido nunca. En el parque se juega, en la plaza se vive; en el parque se merienda, en la plaza se aprende y se deja uno parte de lo que ha sido y es. El parque es impersonal, la plaza tiene nombres y apellidos, los de todos los que en ella han crecido y se han hecho mayores, los mismos que han dejado en ella su impronta y sus iniciales grabadas en cualquier arbolito con algo parecido a una navaja. La plaza tiene historia desde el primer día en que fue bautizada así hasta que otras generaciones, otras costumbres, otros niños, la olvidaron, la obviaron y la condenaron al mayor de los ostracismos.

Ya no se ve gente en los bancos de la plaza, a la fresca, cuando el calor del verano da una tregua, ni a sus hijos revoloteando a su alrededor, ni a otros más mayores a la busca y descubrimiento de nuevos juegos que jugar, de nuevos niños que conocer, de nuevas carreras por echar por el placer de correr y que a ningún sitio muy lejano nos llevaban.

Ya casi no hay quioscos de chucherías en las plazas; en su lugar, tan sólo algunas pequeñas tiendas en calles más o menos accesibles que en nada se les parece.

Ya no se salta en los charcos porque sí, con la mera intención de mojarse y de mojar a los que con uno saltaban.

Ya no quedan sino recuerdos de la plaza, el corazón del pueblo que, últimamente, ha dejado de latir.

Aun así, yo te recuerdo, plaza querida, te recuerdo con todo mi amor pues en ti dejé mi infancia y parte de mi adolescencia y tú, seguramente, también me recuerdas aunque el latido de tu corazón se haya hecho más débil y tus días estén contados.

Quién sabe si aún no es demasiado tarde; quién sabe si, en tu agonía, quizás puedas recobrarte del olvido al que te han sometido y un día reverdezcas de nuevo para otros que han de venir, que no estos. Pero no, no lo creo. Más posible es que se te deje morir y que el tiempo te dedique algún que otro verso a título

póstumo. Lógicamente, será demasiado tarde entonces.

el tiempo te dedique algún que otro verso a título

póstumo. Lógicamente, será demasiado tarde entonces.

ANSIEDAD

Hace unas semanas que parece que te has dormido o que te has ido definitivamente, que yo no sé decir con seguridad. Hace tiempo que no me acosas, que no me vienes a ver con la misma frecuencia, ni siquiera de visita de médico. A veces, ni pienso en ti, la verdad, como si no hubieras existido nunca, como si nada me hubiera unido a ti jamás. Pero sé que andas por ahí, al acecho, como tantas otras veces. Incluso en tu más absoluta ausencia, estoy siempre preparado para verte reaparecer en cualquier momento y eso no me permite tener la paz que querría para mí. O quizás ni eres tú la que me quita el sosiego y, acostumbrado como estoy a tus idas y venidas, soy yo mismo el que no me permito ser quien querría ser.

Me despierto tranquilo, casi en paz, diría yo, y hay días que te busco en mí sin hallarte, señal de que no estás y de que, probablemente, no estés por algún tiempo. Las tardes se pasan de la misma forma, sin el más mínimo recuerdo de ti, otrora presente hasta en mi propia respiración. Y llega la noche sin que hayas hecho acto de presencia por un instante, por una fracción de segundo, y te dejo de pensar. Querría no concederte ni un segundo de mi tiempo, pero me temo que eso no va a ser posible, no al menos hasta que tu ausencia sea tan larga que me deje verte en perspectiva, emborronada por el tiempo en un dibujo inseguro ahora que no sé definir del todo. Sé cómo te llamas y lo que puedes hacer conmigo, por eso no me asustas, ni te temo, ni te evito, tan sólo te espero, pero no ya como lo hacía antes en que mi tiempo te lo dedicaba entero a ti incluso en los momentos de sosiego. Creo que ya no lo hago más. Y creo que lo sabes o que, sin saberlo del todo, lo intuyes.

Sin embargo, te recuerdo. Recuerdo la intensidad de tus empaques cuando me sentías débil, cuando creías que el dolor que ibas a causar sería mayor, más hondo, más penetrante.

Ni sé cuándo llegaste a mí por primera vez. Creo que ni me di cuenta, que ni te sentí al principio y ni nombre te supe poner. Hoy sé mejor quién eres y cómo me asaltas sin piedad cuando te lo propones, anulando todo lo que de bueno hay en mí, obligándome a esconderme en el silencio, a tomar aire donde casi no lo hay y a esperar como un idiota el instante en que, atareada con otros asuntos, te distraigas y te vayas por un tiempo. Siempre he creído que volverías, que no me dejarías así porque sí, sin recibir apenas nada a cambio, pero hoy, quizás sólo hoy, la esperanza, frágil esperanza, parece haber anidado en mi corazón. Quizás sea hoy el primer día del final de mi relación contigo, de tu relación conmigo, del castigo tan duro que me has infringido sin saber muy bien por qué. Quizás dentro de algún tiempo, ni siquiera te guarde rencor si te vas para no volver. Quizás hasta olvide tu nombre y volvamos ambos al inicio, a los tiempos en que no nos conocíamos.

¡LA LECHE ES LA LECHE!

Recuerdo que cuando era niño, hace algún tiempo ya, la leche se la comprábamos a diario al lechero, quien disponía de vacas y de cantidades enormes del líquido blanco por una cantidad razonable y a quien le pagábamos siempre por semana sin que hubiera ningún recelo por su parte que ganaba así un extra que, a veces, era mucho más de lo que podíamos imaginar. El lugar de venta era la propia calle, a poco más de un km de mi casa, y se llevaba a cabo por la mañana casi siempre.

Mi madre, con cuatro hijos en edad de crecer, era una de sus mejores clientes, pero ella sabía sacar provecho a cada uno de los componentes de cada litro que compraba, como hacían muchas otras mujeres de la época. Al llegar a casa, hervía la leche en una cazuela de grandes dimensiones y cuando el proceso acababa, la nata que nadaba en la superficie era de tal consistencia que era impensable no hacer uso de ella de todas las formas posibles que sólo un ama de casa conocía. Así, mi madre, la usaba para hacer mantequilla de excelente calidad o, muchas veces, se limitaba a ponerla en tostadas de pan con una pizca de azúcar sobre ella que hacía las delicias de todos los que vivíamos en casa.

Así fue durante muchos años hasta que un día se dio en decir que no se podía vender la leche en esas condiciones, que había que pasteurizarla y que los riesgos de tomarla tal y como venía del animal conllevaba una serie de riesgos para la salud que podían ser fácilmente evitables con la pasteurización, proceso que consiste básicamente en elevar su temperatura sin que llegue a hervir para eliminar las bacterias nocivas.

Fue el inicio del control de la venta de leche sin pasteurizar.

Algunos productores se adaptaron a los nuevos tiempos y otros, simplemente, dejaron de vender leche de la noche a la mañana para evitarse problemas. Y así comenzaron a distribuirse botellas y bolsas de leche en los mercados con etiquetas que informaban claramente que habían pasado por dicho proceso y que eran, por lo tanto, aptas para el consumo humano.

Las bolsas dieron paso al tetrabrik y la leche de toda la vida adquirió nuevas formas hasta entonces desconocidas. Había ya leche entera, semi desnatada y totalmente desnatada y el sabor con el que habíamos crecido desapareció en pocos años. La nata dejó de existir y la mantequilla, aquella tan rica que hacía mi madre, tuvimos que comenzar a comprarla si la queríamos a precios muy superiores al de la leche. Y a nadie más se le ocurrió comprar la leche directamente del lechero de siempre, no fuera a ser que por una de esas casualidades de la vida ocurriera algo serio que afectara a la salud del consumidor y al bolso del productor que ya no confiaba en su leche de la misma forma.

Las siguientes generaciones se acostumbraron al tetrabrik hasta tal punto que difícilmente podían referirse a la leche como lo haríamos nosotros, los que ya hemos pasado de los 50, y crecieron sin mayores problemas con productos que muchos hemos dejado de reconocer. Mientras tanto, las empresas lácteas hacían su agosto particular a través de la información que todo el mundo parecía poseer y que transformó la leche en otra cosa, en algo que tiene su forma y, a veces, su aspecto, pero que no acabo de identificar como el producto que tomaba yo cuando niño.

Pero lo que son las cosas. Ahora que casi ni recordamos el verdadero sabor de la leche, llega una nueva moda que lo pone todo patas arriba y es que no son pocos los que están optando de nuevo por el consumo de la leche tal cual es tras el ordeño, sin pasteurizar y con las mismas características, supongo, de la que bebíamos nosotros hace décadas. Los que así la compran hablan de sus maravillosas propiedades en lo que a nutrientes se refiere, del sabor mucho más intenso que tiene, de los beneficios que aporta tanto a niños como a adultos.

Los expertos, sin embargo, advierten del riesgo que conlleva la falta de pasteurización y que puede tener consecuencias impredecibles en la salud de los consumidores por culpa de estas bacterias que nunca dan tregua.

Vaya usted a saber. Parece que todo es cíclico y que lo que antes era bueno, ahora no lo es tanto, pero puede que lo vuelva a ser dentro de unos años; que lo que es bueno ahora, puede dejar de serlo en cualquier momento. Y es que, vamos a reconocerlo, ¡la leche es la leche!

TE RECUERDO

A veces te vuelvo a reconocer y te transformas en la misma niña que siempre fuiste conmigo, la misma sonrisa, la misma cara de sosiego, como si por ti no hubieran pasado los años, ni siquiera unos pocos. A veces, vuelves a ser quien eras, la misma que se perdía en las madrugadas en mis brazos, hablando bajito, hasta que el sueño nos vencía a los dos y nos quedábamos dormidos el uno en el otro.

Lo recuerdo como si fuera ayer mismo, como si el tiempo se hubiera parado en mi memoria y te miro para descubrir que eres tú, que siempre has sido tú y tú, parca en palabras, sientes lo mismo: que solo yo te entiendo, que solo yo te escucho, que solo a mí me puedes contar todo sin importar las veces que me lo hayas contado ya. Sabes que te escucho, que nada te reprocho, que nada juzgo de ti. Cuando eso ocurre, cuando la niña que hay en ti hace acto de presencia, te quiero tanto que no sabría ponerlo en palabras. Te brillan los ojos. Te brilla la piel. Te brilla el alma.

No sé cuántas veces me he enfadado contigo – tú también conmigo – ni cuántas veces me he dicho a mí mismo que no hay nada que hacer, que somos del todo incompatibles, que siempre lo hemos sido, que no hay nada que podamos cambiar de nuestra esencia que pudiera darnos otra oportunidad...No sé cuántas veces te he maldecido aunque fuera en silencio. Y sin embargo, cuando la niña que eres, que siempre ha vivido en ti, aparece, me desarmas por completo y me vuelvo a perder en ti como en las fiestas de Barakaldo de hace tantos años ya donde, rodeados de cientos de personas, solo estábamos tú y yo y nadie más. A nadie le hicimos el más mínimo caso, a nadie le dedicamos un solo minuto de todas las horas en que sólo existimos tú y yo. Ese día te quise más que a nada o a nadie del mundo. Ese día fuiste más tú de lo que nunca habías sido jamás. Ese día eras tú y sólo tú.

Durante mucho tiempo, creí que habías muerto, que ya no eras quien yo recordaba, pero estaba equivocado. Cada cierto tiempo, vuelves y lo haces con las mismas expresiones, con la misma dulzura en tu rostro, con las mismas palabras y me cuentas muchas de las mismas cosas, como si no las supiera, como si lo hicieras por primera vez y me gusta, me gusta mucho cuando así lo haces, de esa manera suave que es lo que en el fondo de ti eres de verdad por mucho que te cueste aceptarlo. Y te miro a los ojos, y te veo igual, sin que hayas cambiado ni un poco ni en tus formas ni en tu aspecto. Y sigues siendo la misma mujer preciosa que siempre te dije que eras y que hoy te vuelvo a decir. Eres preciosa, sí, realmente preciosa y el tiempo cobra en ti una dimensión distinta, como si se hubiera aliado

con la vida para que pase más lentamente por ti.

EL CINE Y YO

Cuando era más joven y pasaba las horas entre libros, la facultad y exámenes, no había nada que me envolviera tanto como el cine. De eso hace ya más de 30 años, pero el recuerdo está constantemente presente en mí, como si nunca hubiera cambiado aun habiéndolo hecho, como si el tiempo se hubiera detenido entre filas, butacas y una pantalla enorme donde, literalmente, mi vida se transformaba en la de los personajes que me mostraban en la oscuridad de cientos de salas.

Yo no era uno más que iba al cine de vez en cuando o a ver una película de cierto renombre y de la que tenía ya referencias. Yo era un devorador de cine, el más ávido que haya conocido jamás, sólo que con buen gusto y capaz de dejar una película a medias si no conseguía engancharme, lo que, hasta donde recuerdo, sólo ocurrió una vez.

Había días, sobre todo los fines de semana y especialmente durante la época de los Oscar que llegaba a ver tres películas a las tres sesiones que se proyectaban, es decir, a las cinco, a las siete y media y a las diez o diez y media dependiendo del lugar. A veces, me olvidaba incluso de comer cuando el intervalos entre los diferentes filmes era pequeño y las distancias entre las salas en las que se proyectaban lo suficientemente grande como para tener que espabilarme si quería llegar a la hora. De hecho, había veces en que tenía que correr entre las callejuelas de la ciudad para no perderme ni una sola escena. Cuando por fin llegaba a mi destino y una vez que tomaba asiento, algo en mí rezumaba tanta alegría que me costaría describirlo con palabras pues es algo que sólo alguien que haya hecho cosas parecidas puede llegar a entender an profundamente como yo.

Al apagarse las luces y muchas veces con poco público, me metía tanto en la historia que se narraba que, sin darme cuenta, dejaba de ser yo mismo y me convertía en alguno de los personajes de la ficción y con ellos vivía una nueva vida que, sin ser mía, durante las dos horas que permanecía en el cine, sentía tan mía o más que la mía propia.

Con ellos lloré, me emocioné, reí, me asusté y tuve miedo. De ellos me enamoré perdidamente durante el tiempo que duraba la proyección y a ellos odié durante el mismo tiempo hasta que, una vez los créditos daban paso a las luces, poco a poco volvía a mi vida anterior con un poco más de comprensión, una pizca de malestar, y una sensación casi constante de que aquella vida me aportaba mucho más que la que vivía a diario.

Cuando acababa mi particular maratón de los fines de semana, los sábados cenaba algo en cualquier lugar antes de reunirme con compañeros de la facultad que, seguramente, habían planeado algo para esa noche. Los domingos, por el contrario, y tras la última sesión, simplemente volvía a casa a pie, sin prisas, analizando todo lo que había visto ese día y que, de alguna forma, ya formaba parte de mí.

Decían de Alfonso Sánchez, prestigioso crítico de cine, que un año normal veía unas 400 películas de cine, sin contar, supongo las que veía en televisión. Yo no sé si podría compararme a tan ilustre personaje, pero lo que sí puedo asegurar es que entre una cosa y otra, yo también pasaba de las 400 sin demasiada dificultad, sin cansancio, drogado en todas ellas, ebrio de conocimiento, de comprensión.

Así me enamoré del cine, como un adolescente que siente los primeros empaques del amor verdadero. Y hoy, muchos años después, y a pesar de que lo que se hace ahora no es ni por asomo comparable con lo que se hacía por aquellos años, siento la misma pasión, el mismo deseo de revivir todo de nuevo, las mismas ganas de rever mil y una películas que se grabaron en mí a fuego y que, en parte, me hicieron ser quien soy hoy.

El cine bueno, el que toca fibras, el que nos mece en sus brazos, el que uno nunca quiere que se acabe, el que deja su impronta en cada poro de nuestra piel, ese cine es mi amor, siempre lo ha sido y siempre lo será por encima de todo.

DEL SER Y EL TENER

La sociedad nos ha engañado de mala manera durante años, décadas, siglos, quizás. Nos ha hecho creer en el ser, nos ha educado para ser buenas personas, educadas, honestas, sinceras – no siempre con éxito – y nos ha negado el tener: el dinero no da la felicidad, no compra lo que de más importante hay en la vida, no nos hace mejores individuos, nos corrompe y nos lleva por los caminos de la depravación, el orgullo, y el mayor de los olvidos de nuestro prójimo.

Todos lo hemos vivido esta evidencia de uno u otro modo y todos hemos creído ciegamente que el ser esté por encima del tener en todas las ocasiones. Pero nuestro mundo no funciona así, ni mucho menos. El tener compra respeto, admiración, compañía incluso, que no amor, evidentemente. El tener compra muchas de las cosas que hacen que la vida sea más intensa, más divertida, más entretenida. El tener compra paz, sosiego, tranquilidad y aquella casa junto al río en la que siempre quisimos vivir. El tener compra tiempo, el que nadie nos hace perder por pertenecer al grupo de los que tienen, mas no un poco, no, los que tienen mucho, infinitamente más de lo que podríamos gastar por muchas vidas que viviéramos. El tener amansa corazones y almas, ralentiza nuestra respiración y se olvida de las facturas del día a día, y de lo que cuesta cambiar de coche por caro que este sea. Tener es el sustento del sistema en que vivimos, el veneno que no mata, los sueños que se hacen realidad, las fantasías que nos han rondado la cabeza durante años, décadas. El tener compra espacio y atención e incluso, en muchos casos, compra salud, esa salud que no es universal en la mayor parte del mundo y que se paga con dinero: a más tener, mejor salud. Claro que podemos enfermar y no haber cura, pero incluso en ese caso, el tener compra dignidad en la mejor habitación del mejor hospital que en el mundo pueda haber.

El tener nos hace dejar de ser invisibles ante todos y de no ser ni siquiera mirados, pasamos a ser el centro de atención de no pocos aunque no lo deseemos. El tener atrae a la gente de la misma forma en que la playa atrae al mar, porque sí, porque siempre ha sido de esa forma y porque nunca dejará de serlo.

El error de muchos es creer que el tener anula el ser, lo cual no deja de ser una solemne tontería. Muchos de los que no tienen ni se acercan a entender el concepto de ser, mientras otros tantos que sí tienen son expertos también en el arte de ser. La presencia de uno, por lo tanto, en ningún momento elimina la existencia del otro en el mismo individuo. A veces se puede ser ambos. A veces no se da ninguno de los dos y nos convertimos apenas en un cuerpo que deambula por el mundo y vive en la medida que este late. Poco más.

Yo soy, eso lo sé seguro, pero no tengo, que también lo sé seguro. Si fuera del tener, mi ser permanecería conmigo y la felicidad estaría algunos pasos más cerca. De eso también estoy seguro.

Por desgracia nacemos ignorantes y solo adquirimos la esencia de las cosas mucho tiempo después, muchas veces en el otoño crepuscular de nuestra existencia, y descubrimos verdades tan evidentes como la presente. Entonces, a menudo, ya no hay tiempo. No hay tiempo de reorganizar nuestras prioridades, nuestros deseos, nuestras ansias, nuestros sueños y nos perdemos en lo que nos reste de vida cual sombra que se desvanece. A veces, muchas veces, la verdad del ser pasa inevitablemente por el tener. De eso estoy totalmente seguro.

SI YO FUERA RICO...

¿Quién no se ha preguntado nunca cómo sería su vida si fuera rico? No me refiero a tener una cantidad grande de dinero, sino a ser rico de verdad, a no tener que preocuparse nunca por el vil metal, a poder acceder a todo lo que a uno le venga en gana sin temor a que el saldo del banco corra peligro, a permitirse cualquier capricho por caro que sea sabiendo que su fortuna no va a cambiar considerablemente de ninguna forma. Supongo que todos lo hemos pensado alguna vez, pero no todos haríamos los mismo, de eso estoy seguro.

Muchos se limitarían a vivir la vida loca, a comprar de manera compulsiva, a acumular posesiones, a tener el más caro de los coches que el dinero pueda comprar, a vivir en una mansión repleta de sirvientes que se ocuparían de que no tuvieran que hacer nada más allá de disfrutar de la vida plenamente.

Otros buscarían a los mejores especialistas en inversiones y tratarían de que su fortuna fuera cada vez mayor al margen de lo que pudieran gastar, que sería mucho en todo caso.

Algunos, no sé cuántos, se ocuparían de que nada les faltara a sus familias, entendiendo por familia no sólo la unidad que vive en el mismo lugar, sino hermanos, sobrinos, padres, tíos e incluso parientes de orden menor.

Algunos también – los menos, creo yo – buscarían la forma de ayudar a personas que estuvieran en una situación menos ventajosa, compartiendo parte de su buena estrella con los más carentes o aquellos a los que la vida nunca les ha dado muchas oportunidades.

Como digo, la forma en que encararíamos una fortuna de estas características dependería mucho de quiénes somos, de qué estamos hechos, de nuestras prioridades y de la importancia que cada uno de nosotros le dé al dinero que, por mucho que no nos guste, no puede ser poca nunca.

No hace muchos años conocí a un individuo que heredó tierras de su tío que en su día no tenían gran valor. Poco tiempo después, el ayuntamiento en el que se encontraban las recalificó y se hicieron urbanizables, así que el precio subió como la espuma y las vendió por un millón de euros, que dilapidó en poco menos de un año. Dejó su trabajo, se trasladó a vivir a un buen hotel, se encoñó con una prostituta cuyos servicios pagaba a precio de oro durante varias horas al día y comenzó beber lo que nunca antes había bebido, no sé si en cantidad, pero, desde luego, no en calidad. La cocaína se ocupó del resto. Antes de que se cumpliera el año, pedía cigarrillos a conocidos al no poder permitirse comprar un paquete.

Este caso es sólo un ejemplo de lo que el dinero puede hacer en manos de la persona equivocada, de quien se deja llevar por sus instintos más primarios y que solo es capaz de pensar en el ahora más inmediato.

Esto ocurrió entre 2006 y 2007 y, seguramente, no habrá habido ni un solo día en la vida de esta persona en que no se haya arrepentido por haber hecho las cosas de la forma en que las hizo, y eso si aún anda por ahí, que vaya usted a saber.

Yo no soy bebedor, ni he consumido drogas en toda mi vida, ni podría estar con alguien que estuviera interesada exclusivamente en mi dinero, así que esto es lo que haría si la diosa Fortuna tocase con fuerza en mi puerta.

Lo primero sería sentarme, asimilar la noticia y volverme a sentar hasta sr plenamente consciente de que es real, de que no es un sueño del que me voy a despertar en cualquier momento para darme de bruces con la realidad. Una vez hecho esto y durante algunos días, no haría absolutamente nada fuera de lo normal más allá de celebrarlo en algún restaurante de los que no frecuento habitualmente y volvería a la fase de pensar casi de inmediato.

Si la cantidad fuera escandalosa y no siendo yo un hombre de gastos excesivos ni de gustos especialmente caros, compraría un coche nuevo de confianza, una casa lo suficientemente lujosa para sentirme a gusto en ella y contrataría a alguien para que se ocupara de ella y, de paso, de mí. No haría grandes inversiones ni estaría pendiente de la forma en que dicha fortuna podría aumentar. Y simplemente viviría con sosiego haciendo muchas de las cosas que hago ahora y algunas nuevas que surgirían por el camino, pero viviendo de los intereses y no del capital propiamente dicho. Y sería perfecto para mí. Cuando llegara el momento de partir, los que por detrás de mí vienen, tendrían todos los medios económicos para hacer que sus vidas fueran fáciles o no, pero eso ya no dependería de mí.

EL INGLÉS, LA LENGUA DEL MUNDO

La lengua más rica del mundo en lo que a léxico se refiere parece ser, sin lugar a dudas, el inglés, el idioma más extendido geográficamente. De hecho, el diccionario de Oxford incorpora unas 4 mil nuevas palabras cada año, algo que no ocurre, por ejemplo, en español.   Claro que muchos de los vocablos que aparecen en él no son de uso común y algunos no forman parte del idioma tal y como se habla hoy en día, pero el dato es, cuando menos, sorprendente. Y es que al no disponer de una academia de la lengua propiamente dicha, la facilidad con que se introducen nuevos términos es mucho mayor.

El inglés, lengua germánica donde las haya, es un idioma cuyo léxico podría incluso parecer de origen romance si no fuera por su estructura que le aleja radicalmente de las lenguas que derivan del latín. Sin embargo, casi el 50% de todas sus palabras proceden directa o indirectamente del latín, muchas de ellas a través del francés desde que los normandos invadieran lo que es hoy Inglaterra en 1066, fecha en la que tuvo lugar la batalla de Hastings y última vez en la historia en que las islas británicas fueron sometidas por un enemigo. Tan sólo el 27% de su léxico es de origen germánico, pero es, con mucho, el vocabulario que más se usa y el que más define a la lengua de Chaucer.

Es frecuente que haya varios términos para describir el mismo concepto, de manera que uno de ellos sea de origen germánico y el otro, de origen latino. Así, tenemos pares como call off / cancel, put off / postpone, bring up / vomit, carry on / continue, find out / discover, give up / surrender, y así muchos otros más. Cuando esto ocurre, los hablantes de inglés de todos los rincones del globo tienden a usar los verbos que no preceden del latín dejando los otros para contextos un poco más serios y formales. Un ejemplo claro de su diversidad léxica viene del mundo de los animales de modo que el nombre del animal vivo es siempre de origen germánico y el del animal muerto usado para carne, de origen latino. Tenemos así los siguientes pares: pig / pork, sheep / mutton, cow / beef, deer / venison, calf /veal. Esto se debe a que a partir de 1066 la lengua de la corte fue el francés de manera que los ingleses usaban el término germánico para referirse al animal que criaban mientras los normandos, que no hablaban inglés, usaban el término de su lengua cuando este llegaba a sus mesas en un plato, listo para ser degustado.

El inglés es, además, la lengua de la tecnología, de internet, de la ciencia en general y de intercambio entre individuos por excelencia a pesar de no ser la lengua más hablada del mundo, título que ostenta el chino mandarín seguido del español y, ahora sí, del inglés.

No son pocos los que creen que la hegemonía de la lengua inglesa sucumbirá en algún momento como ha ocurrido con otras lenguas a lo largo de la historia y otras tomarán su lugar, especialmente el mandarín o el español.

Yo no creo que eso ocurra nunca en primer lugar porque el chino es una lengua de extrema complejidad enmarcada en un ámbito geográfico muy reducido.

El caso del español es diferente en cambio. A pesar de que su número de hablantes aumenta constantemente y de que, geográficamente, abarca una enorme extensión de tierra en varios continentes, no hay ni un solo país que ostente el poderío económico de los países de habla inglesa, especialmente los Estados Unidos y el Reino Unido. Si a esto unimos el hecho de que casi el 70% de internet está en inglés y las grandes empresas en este sector son norteamericanas, difícil será en el futuro que alguna otra lengua pueda hacer sombra al inglés. Además, es una lengua relativamente sencilla, que se aprende sin demasiada dificultad y que es, desde hace ya 50 años, el idioma más hablado del mundo como segunda lengua.

Muchas cosas han de mudar en los próximos años, pero el dominio de la lengua inglesa como lengua de intercambio permanecerá intacto. Si acaso, lo único que puede ocurrir es que el número de hablantes no nativos crezca tanto que todo el mundo acabe hablando inglés casi de forma automática.

VIVIR EN PRECARIO

España no es lo que era en ningún sentido por mucho que los políticos, ajenos siempre a las realidades sociales, se empeñen en decir lo contrario, por mucho que repitan hasta la extenuación que la crisis se haya revertido tal y como nos quieren hacer creer. El caso es que por mucho empleo que se cree, por mucho que las cifras del desempleo mejoren casi constantemente, la precariedad ha venido para quedarse y se ha asentado en la vida de muchos españoles como si de una segunda piel se tratara.

Los tiempos en que el trabajo reportaba al trabajador lo suficiente para poder llevar una vida digna, tanto él como su familia, están llegando a su fin para no pocos ciudadanos que tienen que hacer milagros para permanecer en un mercado laboral que abusa de todos ellos sin que el gobierno de turno, sea el que sea, se esfuerce lo suficiente para que no sea así. De hecho, cada vez son más los que tienen que recurrir a Cáritas, o instituciones de características similares, para llegar a fin de mes. Los trabajos generados a través de aplicaciones de móviles, los de siempre de repartidores de propaganda o la hostelería en muchas de sus versiones siguen generando precariedad y, en muchos casos, pobreza de la que no es fácil salir.

Uno de los casos más extremos es el de personas en grandes ciudades que se dedican a buzonear para grandes empresas y que raramente superan los 700€, cantidad que les priva de todos sus derechos, que impide que tengan una vida propia de la Unión Europea en el siglo XXI y les lleva, en muchos casos, a tener que vivir en la calle ante la imposibilidad de tener acceso a un alquiler que se adecúe a sus ingresos. Son los trabajadores más pobres de este país que se jacta de tantas cosas, que hace la vista gorda ante lo que, objetivamente, es una aberración que se ensaña siempre con los menos privilegiados.

Los contratos basura, los contratos por horas y un salario mínimo ridículo se encargan de hacer el resto. Y es que ahora es perfectamente posible estar en riesgo de exclusión incluso trabajando, lo que hasta donde recuerdo, nunca antes había ocurrido.

Tengo la impresión de que las instituciones dan por hecho que estas personas cuentan con la ayuda de sus familias, que no siempre tienen y que, si las tienen, no siempre les ayudan por razones que nada tienen que ver con el trabajo en sí mismo.

Que un gobierno sea capaz de imaginar y actuar según lo que imagina es una vergüenza y una ofensa hacia las personas de tal envergadura que habría que inventar un término para describir tanta osadía, tanta desfachatez, tanta desvergüenza y, aun así, nunca se describiría con todos sus matices la afrenta a la que se somete a miles de trabajadores que no pueden aspirar a nada más allá de no morirse de hambre, comprarse alguna prenda de invierno para las inclemencias del tiempo y poco más.

Vivir en la calle es terrible, pero lo es mucho más cuando uno cotiza cristianamente a la Seguridad Social a través de una nómina que, por pequeña que sea, nunca lo es tanto como la impiedad de quienes hacen las leyes, de quienes teniéndolo todo nada hacen por el estado de bienestar que tanto vociferaban hace muchos años ya y a quienes la suerte de los menos afortunados sólo les importa durante las campañas electorales, épocas en las que nos inundan con promesas de todo tipo que, en el fondo, todos sabemos que no van a cumplir, ni los unos ni los otros.

SISTEMA UNIVERSAL DE SALUD

La llegada al poder de los socialistas ha traído consigo la restitución del sistema universal de salud derogado por el PP durante sus años de mandato en lo que se recordará siempre como una gestión vergonzosa de la derecha de este país.

Garantizar que todo el mundo tenga derecho a atención médica sea cual sea su condición por el mero hecho de estar en territorio patrio es un orgullo para cualquier ciudadano que crea que la vida y la salud son la esencia misma de la humanidad que debería caracterizarnos a todos. Sin embargo, debería haber límites, límites que no afectarían a los individuos más carentes ni a los que proceden de países empobrecidos o que llegan a España huyendo de realidades terribles que difícilmente acabaremos de entender del todo.

Así, niños y adultos que se ven forzados a dejar sus países de origen por razones de supervivencia deben, como es el caso, tener derecho a todo lo que la sanidad española puede ofrecer con el fin de garantizar que su dignidad esté siempre protegida, lo que, dicho sea de paso, es menos frecuente de lo que uno podría creer en otras latitudes, incluso en la propia Unión Europea. Canadá, Argentina, Brasil, Costa Rica, Venezuela, Ecuador o Cuba son ejemplos también de sistemas sanitarios universales si bien la diferencia en calidad entre ellos es grande, evidentemente. Lo mismo ocurre en Australia y Nueva Zelanda, herederos de la tradición europea, y en Botsuana, Japón y Tailandia. En la inmensa mayoría de los países asiáticos y africanos, no obstante, la asistencia sanitaria universal es inexistente.

Nótese, además, la ausencia del país más rico y poderoso del planeta: Estados Unidos, que no dispone de nada parecido a un sistema como el español y donde los problemas de salud se solucionan a golpe de cheque o tarjeta de crédito, sin los cuales no es fácil que un extranjero de visita al país americano tenga la atención médica necesaria en caso de accidente o enfermedad. ¿Debemos tratar a los ciudadanos americanos de la misma forma que lo haríamos con inmigrantes indocumentados o turistas de paso o deberíamos buscar alguna forma de llevar a cabo la bilateralidad con todas sus consecuencias? En otras palabras, ¿deberían los americanos tener acceso a la sanidad española de forma gratuita incluso a sabiendas de que nosotros nunca tendríamos ese derecho en su país? Pues yo creo que no.

Y no se trata de una forma encubierta de venganza, ni mucho menos. Para mí, la retribución es un concepto de suma importancia y lo es también la bilateralidad. Si entendemos que los países son como grandes familias y entre ellos vecinos más o menos cercanos y conocidos, de la misma manera que no concebiría que una familia en concreto que no fuera la mía se beneficiara de mi esfuerzo en la misma medida que la mía propia, no veo argumentos de peso para hacer extensiva esta forma de atención a ciudadanos de países ricos que no garantizan los mismos derechos a ciudadanos españoles.

Lo mismo es extensible a personas con mucho dinero que viajan a España en busca de una operación que les resulte gratuita o de un tratamiento de precio desorbitado en su país. Debe de haber alguna forma de controlar estos abusos a los que la sanidad española se ve sometida no pocas veces por parte de individuos para los que no se concibió este sistema y una vez hallado el modo, impedir que sean atendidos por los medios que sea.

No se trata, como digo, de dejar a alguien morir en plena calle por falta de asistencia, claro, sino de asegurarse de que quien la usa no se esté aprovechando descaradamente de un sistema que le viene al dedo mientras sus cuentas bancarias sigue acumulando dinero a nuestras costas.

EL ARTE Y LO QUE NO LO ES

La segunda mitad del siglo XX y los primeros años del siglo actual han sido testigos de lo que bien podríamos denominar "prostitución del arte". Ahora todo lo que se realiza de manera más o menos correcta en campos no relacionados tradicionalmente con el arte adquieren dicha naturaleza a velocidad vertiginosa sin que ni la propia pintura haya podido escapar de semejante escarnio. La estupidez que uno percibe en determinadas obras es tal que, en el menor de los casos, no pasaría de una broma pesada si no fuera por el hecho de que los dueños del dinero, los poderosos, los que tiran de los hilos en la sombra son capaces de pagar millones por piezas que no tienen el menor valor artístico en su afán de poseer más y más.

Nunca podré tener un Van der Meer o un Picasso o un Bosco o un Renoir, eso está claro, pero aunque pudiera, nunca haría absolutamente nada por tenerlos y mucho menos pagar una fortuna por lo que no pasa de ser un lienzo con una determinada cantidad de substancias cromáticas, dígase óleo o acuarela o cualquier otra técnica. Me pregunto qué diría Van Gogh, quien tan sólo vendió un cuadro a lo largo de su vida por 400 francos, si supiera que algunas de sus obras se venden por treinta, cuarenta, cincuenta millones de euros. Parece como si el arte bueno, el que gusta, el que rompe todos los esquemas de modelos anteriores, sólo adquiriera valor tras la muerte de sus autores, muchas veces tras una vida gris, difícil, sin reconocimiento alguno, muertos apenas, como todos habremos de acabar. De poco le sirve a Leonardo que sus dibujos anatómicos sean de una belleza extraordinaria, en lo que todos estamos de acuerdo. Pero el arte no se limita hoy en día a la pintura, ni al dibujo, ni a la arquitectura sino que, por culpa en buena parte de los medios de comunicación, se ha caído en una simplicidad de tal tamaño que habría que inventar un nuevo término que la definiera. Hoy todo es arte. Messi es arte; cualquier actor de pacotilla es un artista; el toreo es un arte; cuatro líneas sobre un lienzo trazadas de cualquier forma expresan la angustia vivencial de su creador. ¡Semejante majadería! En los tiempos que corren, en que el arte no perdura porque no es tal, lo que sí hace es llenar los bolsillos de "artistas", agentes y galerías hasta que aparece alguien más radical, más estúpido y tan creíble como el anterior o el posterior que habrá de venir tras él.

El arte es fundamentalmente belleza en todas sus manifestaciones. "Cien años de soledad" es arte y también los es "Crimen y Castigo", de Dostoievski. "El Padrino" de Ford Coppola es arte, como lo es la novela de Mario Puzzo en la que está basada. "El Gernika" es arte aunque se salga de los cánones generalmente reconocidos por la mayoría. Habría sido impensable que Picasso se limitara a copiar a la naturaleza siendo, como era, de un talento simpar, capaz de poner en tela de juicio todo lo que se había hecho con anterioridad mucho antes de que de que dejara su Málaga natal. Arte es Pablo Neruda y Borges y no Cela, quien después de "La familia de Pascual Duarte" y "La colmena", ambas escritas antes de cumplir treinta años, se limitó a vivir de las rentas sin mayores complicaciones durante las décadas siguientes y cuya vena creadora se desvaneció, lo que le convirtió en un autor mediocre, sin nada que resaltar más allá de su enorme cultura a la que cualquier otra persona puede aspirar y que, en su mediocridad tardía se presentó al premio Planeta bajo un pseudónimo tras haber ganado el Nobel y el Cervantes con una obra que, a años luz de su mejor Cela, tan sólo aporta su estilo, su pluma, fácilmente reconocibles por el jurado que no tuvo el coraje necesario para negarle el premio. Arte es Catherine Hepburn, Meryl Streep, Clint Easwood y toda una serie de actores que han sido capaces de matar su propio "yo" y convertirse en los personajes a los que dieron vida tan creíblemente que acaba por no saberse quién es quién. Esto es el verdadero talento que la vida parece haber regalado a unos pocos elegidos y a cuyo vagón siempre han intentado subirse talentos menores, apagados, faltos de luz propia, sombras opacas que se olvidan tan rápidamente que la historia ni los menciona nunca más. Arte es "El Quijote", de quien casi todos tenemos una copia en casa y que casi nadie ha leído, no por el hecho de que sea castellano de principios del siglo XVII y sí porque en este país no se lee ni poco ni mucho, simplemente no se lee. La versión reciente de la obra cumbre de la literatura española en español actual y cuya tarea a llevado a su autor la friolera de catorce años no es más que una prueba fehaciente de que vivimos en un mundo, el actual, donde lo que prima es la simplicidad, la profanación del verdadero sentido artístico del que esta obra monumental hace gala de principio a fin en su versión original. Quien lee la traducción al castellano moderno de la obra de Cervantes no tiene ni puta idea de lo que es "El Quijote" ni lo que representó para su época y para una importante parte de los escritores que habrían de venir después.

Arte es Shakespeare y Gunther Grass y Moliére y William Blake. Arte es Miguel Ángel, Soroya, El Greco, Tiziano y cientos de otros que consagraron sus vidas a la creación. Todo lo demás no lo es, no de forma atemporal, y en lo más oscuro de los siglos habrán de perderse. Esto me recuerda un sketch que vi en televisión hace ya algunos años en el que la señora de la limpieza se olvida la bolsa de la basura junto a un pedestal en una galería de arte. Hasta darse cuenta de su olvido, dos visitantes se quedan absortos ante la presencia de lo que ellos consideran una más de las obras de la exposición, escrutando en la bendita bolsa de basura una simbología inexistente, por supuesto, intenciones que nunca fueron y que relega la bolsa a ser lo que es: una bolsa de basura no menos corriente de lo que es cualquier otra de las que usamos a diario. El regreso de la señora en busca de su preciado útil de trabajo no hace sino constatar la sandez de quienes quisieron ver cisnes en lo que no era más que un patito feo, muy feo, feísimo, horrorosos y lejos, muy lejos de lo que hasta el más idiota de todos los idiotas pudiera definir como arte.

SINCERIDAD, VERDAD E INCONSCIENCIA

¿Quién no se ha encontrado alguna vez con alguien que se dice excepcionalmente sincero, que no se calla nunca lo que piensa, que le da lo mismo el daño que pueda causar y las ampollas que pueda levantar con tal de llevar la sinceridad, o lo que cree que es la sinceridad, a límites insospechados y que, en la mayor parte de los casos, sólo genera malestar en las personas que le rodean? ¿Quién no ha conocido alguna vez a alguien tan inconsciente como para creerse dueño de la verdad más absoluta e invariable que se pasa el tiempo haciendo daño a las personas que dice querer, incluso amar? Todos, supongo, y yo no soy la excepción.

Ser sincero y honesto poco o nada tiene que ver con decir todo lo que a uno se le pasa por la cabeza sin medir las consecuencias y mucho menos creer que todo se reduce a blanco y negro y que nunca se va a cambiar de opinión con respecto a nada. Ser sincero es algo mucho más serio y delicado al mismo tiempo, que no pasa, ni por asomo, por espetar a todas horas lo que o a nadie importa, o es inoportuno, o simplemente carece de la menor importancia.

Me viene a la cabeza una pareja que acuerda decirse siempre la verdad, duela lo que duela, en la creencia que nunca va a ser lo suficientemente transcendental como para que los sentimientos del uno hacia el otro puedan cambiar ni un ápice. Imaginemos que uno de los dos miembros tiene una aventura amorosa con otra persona y que perteneciendo al grupo, no ya de los sinceros y honestos, sino al de los patéticamente sinceros decide contárselo a su pareja con pelos y señales como si así quedara más claro lo que es: una persona íntegra, verdadera y cumplidora por encima de todo, a pesar del daño que cause. Imaginemos también que dicha aventura no ha tenido la menor transcendencia, que apenas se ha traducido en un rato de placer sin que los sentimientos se vieran afectados de ninguna forma, sin el más mínimo apego y que no hubiera pasado de un mero contacto físico que no ha dejado la menor huella. ¿Cuál es el propósito, entonces, de hacérselo saber a quien se quiere de verdad, a quien forma una unidad consigo mismo? ¿Es esto sinceridad o una manera como otra cualquiera de lavar la propia conciencia y pasarle la responsabilidad a la persona con que se convive?

No creo en este tipo de sinceridad que me parece cruel y despiadada y que no reporta ningún beneficio a nadie. No creo en los individuos que se jactan de ser sinceros a cualquier precio sin importarles lo más mínimo lo que generan en las personas de su entorno. No creo en estos seres desprovistos de cualquier sensibilidad más allá de lo que ellos consideran verdad y que nunca es absoluta aunque así lo crean sino una interpretación personal de la verdad que no tiene por qué ser la misma que la de ningún otro, ni mucho menos. No creo en nadie, absolutamente en nadie, que dice las cosas impetuosamente, sin reflexionar y que, muchas veces, sólo dejan dolor a su paso, dolor que podría haberse evitado con un poco de tacto por su parte, con un pequeño análisis de la situación incluso si ello hubiera conllevado callarse determinadas cosas.

Y es que hay personas que no saben sopesar nada en su justa medida, que piensan mientras hablan, a veces incluso después de hablar, llevados casi siempre por un deseo imperioso de decir cosas, las que sean, y que producen malestar con demasiada frecuencia.

Mi sinceridad no es de ese tipo ni falta que me hace. Es mucho más equilibrada y mido lo que digo cuando se trata de algo realmente importante que hay que decir por mucho que deseáramos que fuera de otra forma, pues en el fondo la sinceridad es también una manifestación de la propia sensibilidad que debería cuidar sobremanera las emociones y sentimientos de las personas que forman parte de nuestra vida. Hablar por hablar, decir necedades innecesarias, herir a los demás porque no se nos ocurre otra cosa es una muestra de la calaña a la que pertenecemos, del material del que estamos hechos, de lo que se puede esperar de nosotros y de nuestra incapacidad de ponernos en los zapatos del vecino que, a lo mejor, prefería no saber ciertas cosas que a ningún lugar llevan y que generan desconfianza y recelos sin una causa que lo justifique realmente.

De estas personas, como yo lo veo, mejor alejarse como el diablo de la cruz y mejor hoy que mañana.

LA ESTUPIDEZ A LA QUE EL SER HUMANO PUEDE LLEGAR

¿Cuál es la finalidad de abrir las puertas de las Fallas a los hombres de manera que puedan ser ellos también Falleros Mayores? ¿Es apenas un paso más, como dicen, hacia la igualdad entre los hombres y las mujeres? ¿De verdad que esto tiene algo que ver con igualdad? ¿Hay algún hombre en este país que se sienta realmente discriminado por no tener acceso a este título que, desde siempre, ha sido territorio de las mujeres? ¿Y a quién ofende eso? ¿A quién discrimina? A nadie, absolutamente a nadie.

Lo que ocurre es que la majadería se ha establecido en el mundo como una lapa y no hay ya nadie capaz de desprenderse de su poder que, no hace tanto, apenas existía.

Muchos ven sexismo en todos los sitios como si de un fantasma múltiple se tratara, capaz de aparecer en cientos de lugares al mismo tiempo y ofender así a mujeres y a hombres en un afán esperpéntico de lograr una igualdad tan fea, tan radical, tan carente de naturalidad que, a veces, me produce la sensación de estar viviendo en un mundo infinitamente distinto del de estas personas que se ofenden por todo, se toman todo como si en ello les fuera la vida, sin el menor sentido del humor que, por cierto, parece cosa ahora de otras épocas.

Pero, ¿qué es lo que se pretende conseguir? ¿De verdad que alguien puede sentirse desplazado por no poder ser Fallero Mayor? ¿De verdad que hay mujeres en este país que se sienten marginadas porque los Reyes Magos eran hombres y no mujeres? ¿O porque el niño Jesús no se llamaba Jesusa y no era niña? No me lo puedo creer. No puedo creer que haya gente con miras tan cortas.

Las chicas que entregaban los premios en la Vuelta a España, el Giro y el Tour de Francia ya han sido eliminadas porque se considera que es sexismo "utilizar" su imagen y el par de besos que daban a los vencedores. El mismo camino han seguido las chicas de la Fórmula Uno, de quien se dice que "explotaba" la belleza de las muchachas convirtiéndolas en meros objetos decorativos. Y así una y otra vez en muchos campos del deporte que se han despojado de la imagen femenina, vilipendiada según sus detractores por una sociedad machista siempre en manos de los hombres.

Este proceso continuará, como es natural, para dar lugar a un mundo nuevo, desconocido, que no por eso será más igualitario, no al menos en lo que realmente importa y que se omite con frecuencia en beneficio de tonterías similares a la del Fallero Mayor, distrayendo la atención de cosas de mayor enjundia que nos favorecerían a todos mucho más en todos los sentidos.

Algún día veremos a hombres queriendo ser proclamados Reinas del Carnaval, quejándose por no poder engendrar hijos y batallando a grito pelado su derecho a tener un útero que les permita ser "madres" como cualquier mujer. Y veremos a mujeres manifestarse de la misma forma por no poder formar parte del primer equipo de fútbol del Barcelona o no poder participar en las pruebas masculinas de los Juegos Olímpicos, mientras algunos de nosotros no podremos contener la risa por lo que de estupidez puede haber en el ser humano y que, últimamente, parece tener menos límites que nunca.

LA PLAYA Y EL MAR

La playa espera angustiada, ansiosa, insegura,

la fiereza con que el mar rompe en ella.

Mas él se aleja lentamente, como recobrando fuerzas,

para arrojarse de nuevo hacia ella desde la distancia.

Ella, abnegada, expectativa,

apasionada, sometida, enamorada

cual adolescente púber,

se deja hacer sin ofrecer resistencia.

Él, bravío, indomable, fiero, indómito,

se lanza de nuevo, tras tomar brío desde lo lejos,

desde la línea del horizonte,

para perderse en ella y su arena y su calor,

en sus brazos, abiertos de par en par,

como siempre ha sido a lo largo de los siglos.

Y ella sonríe cuando le ve llegar

y caer rendido a sus pies y embestirla en un último
esfuerzo

mientras absorbe su bravura deshaciéndose en mil
pedazos,

para repetir el ritual, infatigablemente,

de millones de años de amor.

MÓVILES Y NOSTALGIA

Vivimos en un mundo global, no ya tanto por el hecho de que las empresas tengan acceso a mercados infinitamente mayores de lo que era común hace apenas un par de décadas, sino porque internet se ha convertido en un necesidad, en una herramienta de la que nadie quiere prescindir ya, en un instrumento sin el cual la vida sería mucho más complicada, al menos para los que no han conocido el mundo antes de la revolución tecnológica.

La información viene y va en cuestión de segundos, todo se confirma en la red y Google se ha convertido en un todopoderoso gurú al que todos recurren cuando les asaltan las dudas, creyendo a pies juntillas cada detalle que se les presenta ante la vista en forma de pantalla de ordenador, de smartphone o de tablet, sin el menor esfuerzo, sin la menor investigación, sin la menor duda de que si lo dice internet, si lo dice Google, tiene que ser verdad, es verdad, y que Dios le coja confesado a quien se atreva a negar lo contrario.

Yo, por suerte o por desgracia, no pertenezco a esta generación sino a la de los libros y las bibliotecas, a la de la prensa diaria, a la de largas conversaciones; yo pertenezco a una generación en la que el análisis era siempre muy posterior a la noticia por muy manipulada que esta estuviera, en la que las dudas las resolvíamos en el silencio de una biblioteca y en la que tomábamos apuntes en la facultad varias horas por día, apuntes que cuando pasábamos a limpio devenían la base principal en la que nos apoyábamos para preparar todo tipo de exámenes. No había otra forma de hacerlo y la mayoría de nosotros ni siquiera concebía que el mundo se fuera a convertir en lo que es ahora. No existía

Amazon, ni lo libros descargables, ni archivos en pdf con los que evitar comprar la amplia lista de títulos que cada asignatura conllevaba. Y por eso, tal vez, los comprábamos a gusto, nos deleitábamos en ellos (no en todos, quizás, por eso de la obligatoriedad), lo mimábamos y eran lo que, al fin y al cabo, nos transformaba en estudiantes.

Nunca sentí falta de nada e incluso creo ahora que mi libertad era inmensamente mayor. Salíamos, quizás más que ahora, y no dependíamos de un artilugio andante que nos acompañara a todos los lugares que fuéramos. Y durante algún tiempo, desaparecíamos. Sí, desaparecíamos de nuestros padres, de nuestros amigos, de nuestras novias, de todo lo que quisiéramos, seguros de que el móvil, que no existía, no sonaría a ninguna hora y las únicas dos formas reales de que disponíamos para comunicarnos con personas que no teníamos cerca eran el teléfono tradicional y las cartas. ¡Ah, las cartas! Aquellas cartas que uno se encontraba en el buzón de casa y que raramente eran de alguna entidad bancaria, y sí de amigos o de la chica que nos gustaba y que, a veces, nos enviaba una foto suya en biquini desde su lugar de veraneo. ¡Cuánto os echo de menos!

Esos tiempos no existen ya, se han muerto y un halo de melancolía aún recorre todo mi ser cuando los recuerdo. Quizás la vida sea más cómoda ahora o quizás no, no lo sé. Lo único que puedo decir es que los jóvenes de ahora, con sus flamantes IPhone X o sus Samsung último modelo que tienen dos mil amigos en Facebook, la mayoría de los cuales nunca han visto en persona, los mismos jóvenes que estarían dispuestos a perder cualquier cosa antes que el móvil, nunca podrán imaginar lo deliciosamente agradable que la vida era sin ellos.

LIBERTAD

Se habla de la libertad como si cualquiera tuviera acceso a ella, como si naciéramos con una especie de halo que nos diferencia de los demás, de los que no son libres, de los que viven sometidos, de los que difícilmente llegan a fin de mes y por no tener no tienen ni sueños que les acerquen a ella.

La libertad no es lo que dice la Constitución, ni la de este país ni la de ningún otro, es la capacidad de las personas, de todas las que en el mundo son, de vivir con dignidad, dignidad cuya definición pasa por uno mismo y no por los servicios sociales o los gobiernos o cualquier otra constitución de cualquier país cortada a imagen y semejanza las unas de las otras.

La libertad es mucho más que no vivir en esclavitud, ni tan siquiera las nuevas formas que ésta ha adoptado en los últimos tiempos. La RAE la define como la "facultad natural que tiene el hombre de obrar de una manera o de otra, y de no obrar, por lo que es responsable de sus actos" en su primera acepción, pero se queda excesivamente corta en todos los sentidos. Obrar de una u otra manera no está siempre al alcance del ser humano y mucho menos cuanto más nos alejamos de los llamados "países del primer mundo" entre los que se encuentra España. Alguien que tiene que aceptar que una o varias de sus hijas tengan que ser vendidas a burdeles para garantizar que la familia salga adelante en Tailandia ni siquiera puede aspirar a entender este término, de la misma forma que quien vive en las calles de Calcuta día y noche propenso a ser asesinado por el mero hecho de ser pobre nunca se ha preguntado ni se preguntará cuál es el significado intrínseco de libertad.

Los poderes se limitan a creer que la libertad emana del mero hecho de nacer y así lo repiten incansablemente con la única intención de que los menos libres, los más problemáticos, los menos formados acaben por creer que sus desdichas, su extrema pobreza, se deben más a la mala gestión que de su vida han hecho que de las políticas fallidas de, prácticamente, todos las naciones del mundo. Y es que la libertad, la verdadera, la que presupone que uno es capaz de tomar las decisiones que crea convenientes en lo que concierne a su vida está directamente ligada a la renta de que dispone, lo queramos o no. Dígame, entonces, de cuánto dinero dispone y le diré cuánta libertad le corresponde.

¿Cómo puede ser libre alguien que acepta un trabajo mezquino por 800€ al mes y que no puede rechazar por no haber mejores opciones? ¿Cómo puede ser libre alguien que, en caso de enfermedad, no sólo no puede trabajar sino que no tiene acceso a una sanidad mínimamente decente y a una cantidad de dinero que le permita mantener al menos su mismo nivel adquisitivo mientras se repone? ¿Cómo puede ser libre un jubilado, del país que sea, que no puede encender la calefacción en los meses de invierno por no tener lo suficiente para afrontar la factura? ¿Cómo puede ser libre alguien que tras la jubilación necesita buscarse un empleo del tipo que sea para poder comer todos los días como ocurre en buena parte de los países latinoamericanos y, si alguien no lo evita, pronto ocurrirá en España también?

La libertad, como digo, es algo que se alcanza a través de la dignidad y ésta, a su vez, a través de una renta lo suficientemente importante como para tener opciones verdaderas de poder elegir, de lo contrario se convierte en una palabra completamente vacua, libre de todo aspecto dignificante del ser humano que es lo mínimo, lo más ínfimo, a lo que una sociedad moderna debe aspirar.

La realidad, sin embargo, nos muestra un panorama bien diferente. La dignidad nos la roban de las manos y el pueblo, dueño legítimo del mundo, corre a recoger las migajas de unos pocos, esos sí, que se han autoerigido en dueños y señores de todo lo tangible e intangible y que pertenecen, por supuesto, a una liga superior, liga en la que la inmensa mayoría de los ciudadanos de a pie ni siquiera imaginamos lo que se puede llegar a hacer por mucha imaginación que creamos tener.

El día en que la riqueza esté mejor distribuida, el día en que la calidad de un hombre no se mida por el tamaño de su cuenta corriente, el día en que el más pobre sea mirado a la cara con el mismo respeto con que se mira al más rico y poderoso, ese día y sólo ese, podremos hablar de libertad real. Hasta entonces y por el momento no pasa de ser una palabra bonita que no significa casi nada para casi nadie.

Ya lo decía Ramón del Valle-Inclán a principios del siglo XX refiriéndose a España: "En España el trabajo y la inteligencia siempre se han visto menospreciados. Aquí todo lo manda el dinero."

SEXO Y PUDOR

No `puedo por menos que sorprenderme por la velocidad a la que la sexualidad y el sexo se han convertido en temas comunes de conversación, casi tanto como la compra del día a día o el partido del sábado que vimos por la tele, algo realmente chocante si lo comparamos con hace tan sólo unos pocos años y que da la sensación de que va a seguir el mismo camino en años venideros.

Ahora la gente habla de su intimidad como quien habla del tiempo, tanto ellos como ellas, como si la liberación sexual no fuera del todo completa si no se habla de ella día y noche, lo que es perceptible en casi todos los ámbitos de la sociedad. "¿Usted se masturba?", le preguntó hace algún tiempo a una monja de clausura el "ultramoderno" y ridículo Risto Mejide, como si eso fuera de algún interés para alguien, como si la intimidad de una señora, monja o no, pudiera exponerse en público de una manera tan mezquina y vil. Y no sé qué fue peor si la pregunta o el que Sor Lucía Caram, que así se llamaba, le respondiera.

No pretendo ser pudoroso ni siquiera pretendo adoctrinar a una sociedad que, tal como la veo, se está perdiendo por el camino de la nada en búsqueda del más absoluto de los individualismos y donde el pudor pronto pasará a formar parte del pasado como el teléfono fijo o los fogones a leña.

Personalmente, siempre he creído que un acto sexual entre dos personas adultas que así lo desean pertenece exclusivamente a la intimidad, lo mismo que lo que uno pueda hacer o dejar de hacer a solas consigo mismo y que a nadie debería concernir, pero seguramente, no es tan válido ahora como lo era cuando yo era más joven.

La gente de ahora, la moderna, la que está al día parece no compartir en nada mis pensamientos y, en su mayoría, está con quien quieren y como quiere, con o sin sentimientos, durante una hora o tres meses, sin que haya ningún otro factor de importancia más allá de la momentaneidad. No lo critico, ni lo juzgo, allá cada uno con su vida y como la quiera vivir.

En cierta ocasión, no hace mucho, escuché decir a una joven de 24 años, muy atractiva ella, que había estado hasta con 3 hombres diferentes en una misma noche pero que nunca había pasado de tres, y lo decía con la misma naturalidad con la que yo podría decir "me he llegado a tomar hasta 3 cafés en el mismo día, pero nunca más de tres", y no pude evitar sorprenderme.

Que entre las nuevas generaciones se le pregunte a una mujer a las primeras de cambio si es activa o pasiva o si es buena en la cama o cuáles son sus fantasías o si ha estado con otra chica puede parecer – a mí me lo parece – fuera de lugar para los que ya tenemos cierta edad, pero no parece que ellas se sientan ofendidas o contrariadas. Podrán responder o no, pero me da en la nariz que son preguntas que esperan que les hagan, de la misma forma que hace 30 años, era impensable que un hombre se atreviera a hacerle preguntas de esta índole a cualquier mujer que no se dedicara a la profesión más antigua del mundo.

En fin, yo que siempre creí que los tiempos no me pasarían por encima, que siempre me acoplaría con facilidad a los cambios que se produjeran y que sería capaz de entenderlos por extraños que fueran, tengo que reconocer que, a pesar de considerarme una persona abierta y sin prejuicios, a veces, me sorprendo tanto con mis pensamientos y con todo lo nuevo veo a diario que no me atrevo a imaginar lo que va a ser de aquí a unos pocos años. Pero, al mismo tiempo, también pienso que, quizás para entonces, ya no me haga falta entender nada.

LA PEÑA

Llamábamos La Peña a la zona del río donde nos bañábamos así que llegaba el calor a partir de mediados de junio. Y en verdad había motivos para llamarla así ya que lo primero que se veía a medida que nos acercábamos al área de recreo de los más jóvenes era una roca que se nos antojaba enorme rodeada por agua por todos los lados y que se había llamado así, La Peña, desde tiempos inmemoriales. A su derecha, un tramo de río menos profundo también había adquirido su mismo nombre así que para diferenciarlas las llamábamos Peña grande y Peña pequeña respectivamente.

En la Peña grande tan sólo nadaban los más mayores, los que a fuerza de pasar muchos años en el mismo lugar de veraneo, habían desarrollado habilidades de las que los más pequeños aún carecíamos. La roca que sobresalía del agua como si quisiera reivindicar su jerarquía se usaba como plataforma para lanzarse desde ella de cabeza al agua profunda que la rodeaba, pero para ello, había que acceder a ella, lo que no siempre era fácil al no haber ningún apoyo natural más allá de los salientes de la roca que el agua se había encargado de ir formando tras décadas y décadas batiendo contra ella en el frío y el calor. Así, hacía falta cierta fuerza para subirse a lo más alto y dedos y pies capaces de encontrar los apoyos necesarios para no caerse en el intento. A veces, ocurría que alguien menos acostumbrado se las prometiera muy felices con solo verla, pero no eran pocos los que acababan en el río de nuevo antes de conseguirlo. Por lo demás, como digo, la Peña grande era para nadar y poco más.

La que sí daba juego de verdad era la Peña pequeña, con todos sus niveles de profundidad que iban desde unos pocos centímetros a la entrada hasta que al menos dos metros en las zonas más hondas. La parte menos profunda la usaban los niños que aún no sabían nadar y el resto, no sé cuántos metros cuadrados de piscina natural, era para todos los demás, los que sabíamos nadar y los que sin hacerlo demasiado bien todavía, eran capaces de entrar y salir de cualquier lugar sin exponer sus vidas.

Tan pronto como se avecinaba el verano, nos encargábamos todos los años de construir lo que llamábamos trampolín, y que más parecía una plataforma lisa que nacía en la tierra y moría suspendida sobre el agua a como un metro de altura. La idea era poder coger carrerilla desde fuera del río y correr por la plataforma hasta, una vez llegados al final, impulsarnos con todas nuestras fuerzas y entrar en el agua de cabeza, de pie, o como bien pudiéramos. Los que ya teníamos cierta práctica y nuestras habilidades natatorias eran lo suficientemente adecuadas, buscábamos siempre entrar de cabeza, bucear por debajo del agua tanto como nos permitieran nuestros jóvenes pulmones y llegar al otro lado del río, donde emergíamos por fin, unos más cansados que otros, pero todos con ganas de repetirlo de nuevo tantas veces como fuera necesario hasta hacerlo perfectamente, con una entrada limpia en el agua y un buceo más propio de grandes nadadores que de los niños que éramos y nos negábamos aceptar del todo. Y es que, cuando poníamos el trampolín, a todos se nos ocurría alguna forma diferente de lanzarnos desde él, a veces con ciertos riesgos que obviábamos por nuestra naturaleza intrépida que nos impedía ver los peligros por evidentes que fueran. Junto al trampolín y para que no faltara de nada en nuestro particular parque acuático, pendíamos una liana de uno de los árboles, el que parecía más fuerte, y a ella nos asíamos con fuerza en movimientos circulares que nos permitían sobrevolar el agua durante unos segundos y volver a tierra firme sin siquiera una salpicadura, al menos eso era lo que se esperaba de cualquiera que quisiera hacer cosas más arriesgadas más adelante, cuando nos hubiéramos acostumbrado a la nueva liana, que era diferente cada año y que requería, como todas las anteriores, de práctica antes de que llegáramos a domarla por completo. Cuando esto sucedía, y sucedía siempre, las filigranas que se nos ocurrían eran más propias de artistas circenses que de niños de pueblo que, por lo general, no sabíamos de la vida sino lo que habíamos aprendido en el colegio y en las inmediaciones de nuestras casas. Lo primero que todos hacíamos era tomar impulso desde lo más atrás que podíamos para dejarnos llevar después por la liana hasta la mitad del río y, por inercia, volver a la tierra donde clavábamos los pies evitando así que la *reinercia* nos volviera a llevar al río, esta vez con menos fuerza, lo que posiblemente habría significado acabar mojándonos, que era lo que tratábamos de evitar. Nos tardábamos en controlar este movimiento con naturalidad así que cuando dejaba de tener gracia, intentábamos siempre piruetas más sofisticadas y menos seguras que a todos nos encantaban aunque no salieran siempre como esperábamos. Una de ellas consistía en girar el cuerpo en el aire cuando la liana hacía su entrada en el río poniéndonos boca abajo y retomando la posición inicial cuando regresábamos para tener tiempo de volver a clavar los pies en el suelo. No había demasiado peligro en esta cabriola y en el peor de los casos lo único que podía ocurrir era que acabáramos en el agua de mala manera, pero la profundidad era suficiente para que no nos hiciéramos mucho daño. A esto todavía no nos atrevíamos a llamar acrobacia pues, de una forma u otra, todos los chavales acababan haciéndolo casi de la misma forma, lo que era prueba inequívoca de que no entrañaba demasiada dificultad. El paso siguiente era parecido, si no fuera porque la finalidad esta vez era lanzarse al agua de cabeza cuando hacíamos el giro en la liana desde la mayor altura que pudiéramos alcanzar e intentando entrar en el agua de la forma más limpia. Al principio, algunos, cuando se ponían a prueba, no se atrevían a soltarse en el giro y volvían a tierra firme con un pelín de miedo, pero luego pasaba. Los que llevábamos la Peña en nuestro ADN no dudábamos en soltarnos, sin pensar en las consecuencias si algo salía mal y con una sola cosa en la cabeza: hacerlo mejor que nadie, mejor incluso que los mayores, que ya estaban mucho más acostumbrados y disponían de más fuerza, lo que les impulsaba más alto, mucho más alto que a nosotros. La fuerza era un elemento muy importante pues de ella dependía la altura que podíamos alcanzar, que cuanto mayor era, más espacio y tiempo teníamos para hacer el giro, soltarnos y entrar en el agua sin que pareciera que había caído una roca de mil kilos. Había un tal Óscar, un par de años mayor que nosotros, que lo hacía de tal forma que parecía que lo hubiera estado haciendo toda su vida, pero incluso él, Óscar, a veces se equivocaba y se soltaba antes de tiempo o demasiado tarde, en cuyo caso el golpe que se daba al caer al agua era de órdago a la grande. Cuando eso ocurría, los demás, los que esperábamos nuestro turno en fila como buenos niños, nos partíamos de risa, lo que, ahora que lo pienso, no le debía de hacer ni la menor gracia a Óscar, que salía del agua con la misma cara que hubiera puesto alguien el descubrir que está en números rojos en el banco. Pero ni siquiera un fallo suyo repercutía de alguna forma en los que esperábamos nuestra vez. Allá iba el siguiente, agarrado a la liana cual Tarzán, pensando en el momento exacto de hacer el giro para dejarse caer de cabeza en aquellas aguas que eran más nuestras que del propio río. Si todo salía bien, la salpicadura que producíamos en el agua era mínima y esta era la prueba de que la pirueta se había ejecutado con verdadera destreza, pero si iba mal, y eso ocurría muchas veces entre los más pequeños y los que menos conocían la Peña, el golpe en el agua estaba garantizado, pero no recuerdo a nadie que se quejara de haberse hecho daño o de que la liana le había levantado la piel de las manos, o que en el golpe que se había dado, se había torcido un tobillo. Quejarse, de alguna forma no escrita, estaba prohibido entre nosotros y todos lo sabíamos así que si no hacíamos daño, ajo y agua, como decíamos por entonces.

El trampolín tampoco se quedaba atrás en lo concerniente a nuevas formas de saltar. Los más atrevidos, los que conocíamos hasta la temperatura del agua en verano, tan pronto como llegábamos a la Peña, nos quitábamos la ropa, cogíamos carrerilla y enfilábamos la plataforma que nos llevaría al agua de inmediato. A veces tardábamos un poco en emerger y cuando lo hacíamos, nos encontrábamos ya en la otra orilla asidos a la primera roca que tuviéramos a mano y girando la cabeza como si fuera lo más natural del mundo. El trampolín se suspendía como un metro por encima del agua, así que se prestaba para muchas otras muestras de intrepidez que, entre nosotros, nunca faltó. Durante algún tiempo, estuvimos midiendo las distancias con el solo objetivo de ver si era posible hacer un giro completo en el aire antes de entrar en el agua, pero como la mejor forma de verificarlo era poniéndolo en práctica, fuimos muchos los que no espachurramos cayendo con la tripa por delante antes de que alguien consiguiera hacerlo con limpieza aunque no fuera el giro que todos deseábamos, para lo cual habríamos necesitado que el trampolín estuviera a mayor altura. Aun así, éramos capaces de girar lo suficiente como para entrar de pie, lo que en la tele llamaban medio mortal hacia adelante en los programas de saltos de trampolín y plataforma. Resolvimos que era todo lo que se podía hacer dada la altura del trampolín del que disponíamos así que no volvimos a intentar el salto mortal completo hacia adelante, eso se lo dejábamos a los que venían de otros pueblos y de Bilbao los fines de semana, asegurándoles que todos lo sabíamos hacer y que era de gallinas no intentarlo. Ellos, más capitalinos, más sofisticados – o eso creían – no podían permitir que unos chavales de pueblo les pusieran en evidencia así que lo intentaban dándose tales golpes en cada intento que era imposible no morirse de la risa. Y cuanto más nos reíamos los locales, más lo intentaban los pobres ignorantes que ni siquiera habían percibido que les estábamos vacilando. Al final, cuando se rendían por imposible, se dirigían a nosotros con aire de superioridad retándonos a que al menos uno de nosotros lo hiciera si es que de verdad se podía hacer. Nosotros nos partíamos el bazo de tanto reír cuando les respondíamos que eran unos pringaos, que nadie lo había podido hacer y que las marcas que llevaban en el pecho por las malas caídas en el agua les serviría de recordatorio que aquel río era nuestro, sólo nuestro y que ellos, los más arrogantes que se habían pasado jamás por la Peña de Aranguren, no pasaban de ser unos meros aprendices, al menos en lo que a la Peña se refería. De vez en cuando había alguno que se mosqueaba de verdad y que habría estado dispuesto a hacernos tragar nuestras palabras, pero en cuanto se daba cuenta de que éramos demasiados y de que todos formábamos una piña que se habría pegado con un equipo profesional de karate, optaron por dejarlo correr y hacer de cuentas que no había pasado nada mientras nosotros tratábamos por todos los medios de contener la risa por aquello de no echar más leña al fuego.

La orilla opuesta a la liana estaba formada por rocas, tierra y líquenes y era lo suficientemente caprichosa como para crear apoyos que nos permitían escalarla hasta lo más alto, que podría ser unos dos metros y medio. Cuando lo descubrimos, todos la escalábamos para tirarnos de cabeza desde ella lo que, dada la altura que la separaba del agua, era, sin lugar a dudas, el mejor sitio que podíamos haber encontrado. Sin embargo, a más de uno se le olvidaba que a medida que el río se acercaba a la Peña grande, menor era la profundidad en la Peña pequeña por mucho que la altura de la orilla opuesta fuera la misma. Así, a más de uno se le ocurrió la brillante idea de tirarse desde lo alto en lugares donde el agua apenas nos llegaba al pecho o un poco más. Tirarse demasiado en picado habría sido una locura por lo que muchos intentaron hacerlo esquivando el fondo para lo que había que tirarse en un ángulo de no más de 45°, entrar en el agua y salir inmediatamente para evitar las piedras del fondo. La mayoría de las veces lo conseguíamos sin mayores problemas, pero cuando los cálculos nos fallaban, no era extraño ver pechos en carne viva por la fricción de las piedras y rocas que se habían llevado por delante al entrar en el agua. Incluso en estos casos en que la sangre sí llegaba al rio, nunca oí quejarse a nadie, ni siquiera a los que considerábamos unos llorones y que, como todos los demás, acababan por lucir sus heridas con orgullo, como los buenos soldados que todos esperábamos que fueran. Yo mismo pasé por esta experiencia una vez en que, a más de dos metros de altura, me zambullí en una zona donde el agua ni siquiera me llegaba al pecho. Tan seguro estaba de que podía evitar el fondo que tan pronto estuve de pie en el lugar elegido, me tiré hacia adelante con tal decisión que para cuando quise darme cuenta, estaba saliendo del agua con sangre en el pecho por las hondas rozaduras que me habían producido las piedras del fondo. Algunos se reían, como nos reíamos de todo, pero a mí se me quedó una cara de bobo que bien hubiera merecido una foto en aquel instante. Por suerte era solo el pecho, así que podría ocultárselo con facilidad a mi madre que, de haber sabido a qué se dedicaba su hijo menor cuando iba a la Peña, seguramente me lo hubiera impedido y eso habría sido mucho peor que cualquier herida que me pudiera hacer en la Peña o en cualquier otro lugar.

Para nosotros el verano acababa el mismo día en que dejábamos de ir a la Peña, independientemente de cualquier otro acontecimiento o fecha del calendario. Parecíamos todos programados para tal día y a veces sucedía que a alguien se le ocurría ir allí por su cuenta y se encontraba con que no estábamos ya ninguno de nosotros, que habíamos dado por acabada la temporada de baños de ese año y que nos disponíamos a buscar otros sitios, otras actividades en que ocuparnos cuando el otoño, que acechaba ya, nos devolviera a nuestros colegios y las temperaturas comenzaran a requerir de ropas más adecuadas que las usábamos en la Peña.

Así fue durante muchos años y en todo ese tiempo, nadie echó de menos un lugar de veraneo al que ir, como hacían otros chavales cuyos padres disponían de más dinero, y es que de todos los lugares del mundo, que seguramente eran muchos, ninguno nos habría hecho tan felices como la vieja Peña, nuestra más querida aliada en juegos y peripecias, testigo mudo de mil y una virguerías de niños que, poco a poco, se convirtieron en hombres y acabaron por olvidar.

MUSICALES Y DOBLAJE

Se dice que los mejores actores de doblaje son españoles y es muy probable que sea cierto. También es muy posible que los doblajes que se llevan a cabo en este país sean de los de mayor calidad si bien, a veces, se respetan poco los textos originales, quizás porque no hay otra salida, o quizás simplemente porque determinadas expresiones suenan demasiado fuertes a quienes toman las decisiones que no son, evidentemente, los actores, meros empleados sin los cuales nada de esto sería posible.

Hasta aquí, todo bien. Clint Eastwood, Robert de Niro, Marlon Brandon, Paul Newman o Robert Redford continúan siendo totalmente creíbles con voces prestadas por grandes actores que además de ponerles voz son, sin duda, grandísimos estudiosos de los personajes que doblan.

Sin embargo, y aquí es donde quiero llegar, algunos de los musicales más icónicos de la historia del cine, por no sé qué extraña razón, pierden casi todo su valor cuando el mandamás de turno decide hacer versiones de las canciones originales para que sean cantadas por otros artistas de habla hispana y que le hacen un flaco favor a dichos filmes. Uno ve "Mary Poppins" con las canciones en español y siente unas ganas irrefrenables de cambiar de canal o de apagar la televisión al instante. Las letras de las canciones se transforman de repente en grandes engendros que deberían dar vergüenza a quien haya tenido la brillante idea en vez de dejar la versión original y poner subtítulos para quien necesite saber de qué va la historia. Julie Andrews simplemente desaparece por completo de la película y no queda de ella ni rastro. Lo mismo ocurre con "Sonrisas y lágrimas", título extraño donde los haya si lo comparamos con su versión original que se titula "The Sound of Music" (El sonido de la música) y donde Julie Andrews, de nuevo, se ve suplantada incluso en las canciones por una voz que no es suya y que pierde el 99% de lo que es en realidad por decisión de alguien que cree que en español la cinta puede resultar más agradable al espectador. Nada más lejos de la verdad. Ambas películas se convierten en bodrios cuando desaparece la voz de su protagonista y del elenco principal.

Curiosamente, este fenómeno tan extraño, no ocurre con otros musicales de renombre como "Siete novias para siete hermanos" o "West Side Story", no sé si debido a la dificultad o simplemente al hecho de que quien toma las decisiones no es el mismo que el que las toma en los casos anteriores. No me puedo imaginar a Howard Keel o a Jane Powell reemplazados por cantantes de menor calidad, ni siquiera por otros que, teniendo voces extraordinarias, nunca serían ellos ni conseguirían despertar en mí lo que despertó la versión original.

Ni que decir tiene que el sentimiento que tengo es el mismo en el caso de Natalie Wood, Richard Beymer y el resto del reparto de West Side Story.

No sé lo que piensa la crítica sobre este asunto ni me importa, la verdad. Lo único que sé es que, para mí, es una atrocidad, una monstruosidad, una aberración doblar las canciones de cualquier película, incluso las que no son musicales, comparable a lo que sería escuchar a Michael Jackson o Freddy Mercury en español con otra voz diferente de las suyas.

EL RÍO

El río siempre fue la diversión principal para los niños de los 60 como yo. Vivir en un pueblo sin río era, en el menor de los casos, una pequeña desgracia para cualquier niño de la época, que no para mí y la chavalería de mi pueblo que tuvimos la suerte de que el que pasaba por nuestro pueblo, el Cadagua, fuera una caja de sorpresas constante de la que todos nos aprovechábamos en cuanto podíamos. Y es que lo mismo hacía las veces de lugar de pesca a cualquier hora del día que de piscina cuando el verano llegaba pegando fuerte allá por junio y al ser como era un río con distintos niveles de profundidad, lo mismo nos permitía nadar en zonas más profundas que andar por las piedras del fondo en las zonas menos hondas. A la altura de la presa, los pescadores más experimentados se ponían morados a pescar loinas, bermejuelas y barbos y cuando la suerte estaba definitivamente de su lado, alguna trucha despistada que acababa también en la cesta que para tal menester colgaba de sus hombros, a modo de bandolera, atravesándoles el pecho. Era ese el momento más emocionante de la pesca, cuando la trucha, medio boba, acababa en un anzuelo sin saber muy bien por qué y que esa noche acabaría en la sartén o en el horno para delicia del pescador o de quien se la fuera a comer. Los más pequeños nos solíamos quedar en el puente de la papelera mirando desde lo lejos lo que a nosotros nos hubiera gustado hacer, pero la edad nos impedía por el momento. La presa de arriba, la que más asustaba a los más jóvenes, era usada por los mayores, que le habían quitado el miedo a medida que crecían, y se tiraban de cabeza desde no poca altura con la seguridad plena de que no existía ninguna posibilidad de que, por falta de cálculo, pudieran tocar fondo, y nadaban de lado a lado como si de peces se tratara, por mucho que a sus padres no les hiciera la menor gracia que se enfrentaran con tal descaro a lo que, para ellos, era pura naturaleza y que bien podría ser causa de un accidente fatal del que de nada habría servido lamentarse después, pero ninguno de ellos consiguió que sus hijos, adolescente ya, corrieran algunos riesgos en la parte más clara y profunda del río. Seguramente, ellos, como muchos otros padres, habían olvidado lo que era ser joven y la forma en que uno se expone a los peligros sin prestarles la menor atención, como habrían hecho ellos también muchos años antes con toda seguridad.

Nunca llegamos a saber con seguridad cuál era la profundidad en esa parte del río, pero sí sabíamos que el fondo estaba cubierto de lo que parecían algas y el agua estaba más limpia, más nítida, tan sólo enturbiada por las lluvias, cuando estas aparecían, y por las riadas cuando las lluvias parecían estar malhumoradas con todos haciendo que el río se volviera del todo impracticable y los operarios de la papelera tuvieran que abrir las compuertas para evitar males mayores, pero esto solo ocurría en invierno y, ocasionalmente, en otoño, que nunca en primavera o verano, las estaciones favoritas de todos los chavales de la zona.

El agua de la presa, por lo demás, caía mansa, pero constantemente a un pozo lo suficientemente grande para que no cupiera en él en su totalidad y diera lugar a que el sobrante tomara el curso natural del río y se fuera, formando pozos más pequeños hasta llegar al puente. Allí se bifurcaba en el enorme pilote que sostenía la construcción para volver a unirse una vez este quedaba atrás. En tiempos de sequía, la cantidad de agua era tan pequeña que nos permitía meternos descalzos por cualquier recoveco de lo que solía ser el río, con los peligros que ello conllevaba y de los que no éramos conscientes hasta que uno de nosotros se cortaba de mala manera con algún vidrio del fondo y teñía el agua de rojo. Sólo entonces nos dábamos cuenta de que andar descalzos por el río no era lo más recomendable, pero lo olvidábamos tan pronto el herido se recuperaba y volvía a exponerse a los mismos peligros y a otros que no habíamos experimentado aún.

A veces, si el caudal era el suficiente, salíamos con nuestras cañas y nos apostábamos sobre las vallas del puente, lanzábamos las cañas en dirección al curso del río y esperábamos pacientes a que algún pez picara, lo que ocurría con cierta frecuencia. Evitábamos, sin embargo, los flotadores, que apenas veíamos cuando el agua bajaba con fuerza ya que apenas notábamos las picadas y las confundíamos con facilidad con el empuje del agua que no cesaba de seguir su rumbo hacia aguas más abiertas. Preferíamos pescar a plomo, lo que no siempre entendí muy bien pues todos los inconvenientes de los flotadores, los tenían también los plomos, con el agravante de que a estos no los veíamos nunca sobre el agua y teníamos que guiarnos exclusivamente por la picada del pez cuando esta se producía. Aun así, se nos daba bien a casi todos y raro era el día en que no pescáramos alguna pieza de tamaño considerable. Sacar al pez del agua desde lo alto no siempre era tan fácil como pudiera parecer y dependía mucho de si la picada había sido lo suficientemente fuerte, de si el anzuelo se había agarrado con fuerza a la boca de la víctima o si se trataba apenas de una picada lateral, en cuyo caso, como ocurría muchas veces, al alzar la caña con el pez, este conseguía dar un tirón en el aire y desde allí soltarse del anzuelo y regresar al río aunque estuviera profundamente herido. Por aquel entonces, nunca me paré a pensar en el sufrimiento del pobre pez que había dejado parte de su vida en un anzuelo que no había podido con él, siendo mi único objetivo capturarlo y lamentarme cuando, teniéndolo tan cerca, conseguía escaparse como si fuera una anguila que se escurre entre las manos. Para todo pescador que se precie, los que se escapan son siempre los más grandes, los más fuertes, o así contábamos nuestras hazañas cuando alguien nos preguntaba cómo iba la tarde.

- No muy bien, pero se me ha escapado uno que por lo menos pesaba un kilo, o más. – decíamos muchos exageradamente con la intención de darnos cierta importancia.

Claro que había peces de más de un kilo en aquel río, pero yo al menos, nunca vi ninguno colgado de mi caña, lo que nunca fue problema para hacer referencia a ellos, al ser siempre los que se nos escapaban, los que, por un motivo o por otro, conseguían zafarse a última hora del anzuelo volviendo al agua y perderse entre la corriente. Aquellos sí que eran grandes, los más grandes del río, pero, como digo, eran también los que se nos escapaban, los que quizás sólo existían en nuestra imaginación de niños, los que de haber existido de verdad, quizás nunca habríamos sido capaces de llevar a tierra.

Más adelante, a unos cien o ciento cincuenta metros del puente, el río volvía a recuperar su mansedumbre y el agua bajaba con menos fuerza. Era allí, en la parte más profunda de ese trecho de río, donde la pesca era más abundante y donde cualquiera podía presumir de pescador con cualquier caña, incluso las más caseras que hacíamos con un poco de bambú, unos pocos metros de sedal, un anzuelo y un flotador que, muchas veces, hacíamos con un simple corcho. No parecía demasiado armamento para dedicarse a la pesca, claro, pero solía ser más que suficiente para pescar en esa zona. Los peces, por alguna razón, se acumulaban allí en tal cantidad que en cuanto veían un anzuelo cubierto con una gusarapa, una lombriz o un poco de miga de pan, se lanzaban a él como si en ello les fuera la vida, incapaces de imaginar que, para muchos de ellos, sería el fin de su corta existencia y que ni siquiera servirían para quitar el hambre a nadie como sucedía en otros tiempos sino para satisfacer el ego de los niños que, sin pensar en ello jamás, habían llegado a la conclusión de que ese debía de ser su destino: divertir a los chavales del pueblo, y es que ¿a quién le importaba la vida de un pez o de diez mil? A todos nos daba igual y ni siquiera le dedicábamos un pensamiento siendo las cosas como eran y como debían ser: el hombre por encima de todos los demás seres vivos de la creación. Mucho más grave sería matar una vaca y los carniceros tenían la tienda llena de su carne todos los días sin que ni un solo parroquiano se quejara lo más mínimo a no ser que fuera por la calidad, que no por la vaca. Nunca nadie nos dijo una sola palabra en defensa de los peces, al contrario. Se nos animaba a pescar más y más, incluso de la especie que nadie usaba en la cocina, simplemente por el placer de pescar.

Decían los más experimentados que las bermejuelas eran excelentes para hacer tortillas, pero no supe de ninguno de nosotros que la hubiera probado alguna vez, lo que no incidía en que dejáramos de pescarlas, que habría sido imposible dado la enorme cantidad de ellas que había en aquel río. Algunas, todo debe ser dicho, tenían un tamaño más que razonable para lo que eran;

otras eran tan pequeñas que uno se preguntaba cómo podían picar con tal insistencia y otras, eran de un tamaño minúsculo que, simplemente, no prestaban la menor atención ni a los anzuelos ni al cebo que se les hubiera puesto para atraerlas. Las loinas, por su parte, eran mucho mayores por definición, pero al tener demasiadas espinas, nadie parecía tener ningún interés por ellas al menos desde el punto de vista gastronómico, y nosotros no éramos diferentes. Las pescábamos, sí, pero más como trofeo que como otra cosa y es que algunas de ellas eran realmente grandes y llamaban la atención, prueba inequívoca de la habilidad de su pescador.

Después estaban los barbos, lo mayores de todos los peces que formaban parte de ese tramo de río. No sabía yo por aquellas fechas que el barbo fuera apreciado en otras latitudes por su carne, firme y jugosa, y por su sabor, ligeramente más suave que el de otros pescados de similares características. Para nosotros, los barbos eran apenas los reyes del río y como pescadores que creíamos ser, eran ellos la presa más deseada, pero no los pequeños que podían medir apenas 10 o 12 cm, no. Esos no los quería nadie pues nada decían de nuestra maña, de nuestra pericia en las artes de la pesca. Queríamos los grandes, los que podíamos ver como si de submarinos se trataran nadando plácidamente cuando la transparencia de las aguas lo permitían, algunos de los cuales superaban con facilidad los 50 cm y el kilo de peso. Por alguna razón, estos eran los más difíciles y no es porque fueran más listos, que dudaba yo que un mero barbo se hiciera más inteligente a medida que crecía. Yo lo atribuía principalmente a los aparejos de que disponíamos, demasiado simples la mayor parte de las veces e incapaces de ganarle la batalla a un barbo de este tamaño que, aunque se enganchara al anzuelo, tenía recursos y fuerza suficientes bien para zafarse de él con un par de inmensos coletazos, bien para destrozarnos el aparejo y desaparecer en el fondo del río sin volver a dar señales de vida. Cuando esto ocurría, es decir, cuando se llevaba el anzuelo clavado en la boca por su descomunal fuerza, nos veíamos obligados a rehacer el aparejo con otros anzuelos y otros plomos que llevábamos de repuesto, pero si por el motivo que fuera, ese día los habíamos dejado en casa o simplemente habíamos optado por no llevar más que la caña y el aparejo que siempre va con ella, el día de pesca se terminaba de esta guisa: el barbo en el río, quizás herido, pero no mucho más, y nosotros en la orilla con lo que ahora parecía un triste palo y unos metros de sedal al final de cual no colgaba ya nada, absolutamente nada, y que de nada servía en esas condiciones. Nos limitábamos a maldecir al barbo en cuestión durante unos minutos y luego se nos olvidaba por completo, buscando cualquier otra actividad en que ocupar nuestro tiempo, que era mucho, sobre todo durante las vacaciones de verano.

El premio gordo de cualquier pescador, sin embargo, no era el barbo gigante que nos había dejado sin caña, al menos por lo que restaba de día, sino la trucha. La trucha era el pez más preciado del río, no sólo por su escasez sino porque este sí que se usaba para comer y decía mucho de quien lo había pescado. Los verdaderos pescadores de truchas no perdían el tiempo en este río, sabedores como nosotros que no abundaban y las probabilidades de que capturaran al menos una era, en el mejor de los casos, escasas. Estos preferían coger el coche e irse a cotos especiales de pesca en Cantabria y Asturias donde la trucha era la reina de las aguas y donde las probabilidades de éxito eran mucho mayores. Nosotros, que no disponíamos ni de medios ni de un equipo más adecuado, nos conformábamos con lo que teníamos: las aguas del Cadagua que, de vez en cuando, nos dejaba alguna trucha como regalo. Cuando eso ocurría, no había nadie en el pueblo que no se enterara de que Fulanito había conseguido sacar una trucha del río, una trucha adulta, con el tamaño correcto para no tener que devolverla al agua. Así me ocurrió a mí una vez de la forma más insospechada que se pueda uno imaginar pues ni siquiera tenía caña aquel día. Fue en el gran pozo que se formaba por la caída del agua de la presa de arriba. Quiso la casualidad que anduviera yo por allí cierto día de verano, en bañador y sandalias de agua que me protegían de posibles cortes. Ni siquiera sabía nadar muy bien aún, así que supongo que no tendría más de 7 o 8 años por entonces. Curioseando por el río percibí que había una gran lata en el fondo de uno de los pozos, lata que, por sí misma, no tenía el menor interés ni siquiera para mí. Sin embargo, parecía haber algo en su interior que la movía ligeramente, como si algún pez se hubiera quedado atrapado dentro de ella y no pudiera salir ahora. Eso pensé yo tan pronto como vi que la lata se movía. Me metí en el agua e intenté sacarla con lo que fuera que tuviera dentro. Era evidente que tenía que tener cuidado pues seguramente llevaría allí mucho tiempo y estaría roñosa, lo que de producirme un corte, seguramente habría necesitado que me pusieran la inyección del tétanos. No me corté y con un poco de maña conseguí sacar la lata hasta un lugar más adecuado para mí. ¿Y qué fue con lo que me deparé? Nada más y nada menos que con una trucha de casi un kilo presa en la lata, de donde no había podido salir a pesar de todos sus esfuerzos. Busqué una rama de árbol en las cercanías y la corté en forma de V para poder cargarla por una de las agallas, lo que resultó más fácil de lo que habría pensado al estar el pobre animal cansado tras la lucha infructífera con la lata de marras. Conseguí llevarla a casa mientras la gente me miraba por la calle con cierta admiración ante tamaña captura. Estaba aún viva cuando entré en casa y mi madre se encargó del resto, y es que no era algo de todos los días que tu hijo menor se presentara en casa con una trucha que, a mí al menos, me parecía enorme. Nunca supe quién se la comió, yo no, de eso doy fe. Seguramente fue mi padre, a quien le encantaba el pescado y más de la forma en que solía prepararlo mi madre. Si fue él, me alegro mucho. El pasaje de la trucha enlatada acabó así, como acababan la mayor parte de las cosas, sin que dejara en mí nada más que el recuerdo, recuerdo que ni el tiempo ha sabido borrar.

Durante mucho tiempo, me hicieron creer que una vez que el anzuelo se enganchaba con fuerza en la boca del pez, no había nada ya que le pudiera salvar de una muerte cierta, incluso en el improbable caso de que lo devolviéramos al agua, así que ni me paraba a pensar en un destino que era el suyo, no el mío. Más tarde descubriría que era todo una sarta de mentiras, que es perfectamente factible pescar y devolver lo que se pesca al agua, garantizando así su recuperación y su permanencia entre los vivos, pero como digo, fue mucho más tarde, cuando ya no tenía el menor interés en la pesca y me dedicaba a otros menesteres que me ocupaban la mayor parte del tiempo.

El río como yo lo recuerdo ha cambiado mucho, ya no hay niños en él, ni pescadores improvisados que le hagan un mínimo de caso. Es cierto que sus aguas siguen fluyendo igual de mansas que en otros tiempos, pero ya no forma parte de la diversión de nadie, ni de niños ni de adultos y quizás por eso, no puedo evitar un sentimiento de nostalgia que se prende a mí cada vez que paso por el puente de la papelera y lo veo solo, desatendido, en su lento caminar por el mismo curso de siempre sin que la gente de ahora ni siquiera perciba que existe, que siempre ha estado ahí, en los buenos tiempos de antes y en los malos de ahora en que, seguramente, solo espera llegar a su desembocadura y fundirse en uno con el mar.